講談社文庫

物の怪斬り

溝猫長屋 祠之怪

輪渡颯介

講談社

目次

麻布宮下町　溝猫長屋にかかわる者たち——

忠次……表店の桶屋の次男。父は寅八、母はとき。
新七……表店の提灯屋の倅。出来がいい。
留吉……表店の油屋の倅。弟妹が多い。
銀太……お調子者。四人とも十二歳。

吉兵衛……溝猫長屋の大家。

羊羹、金鍔、蛇の目、四方柾、釣瓶、弓張、菜種、しっぽく、花巻、あられ、笊
竹、柿、玉、石見、手斧、柄杓……溝猫長屋の猫たち。

野良太郎……長屋を根城とする犬。

多恵……長屋の奥の祠に祀られている女の子。

紺……隣町の質屋菊田屋の自称箱入り娘。十六歳。
千加……大店の仏具屋丸亀屋の娘。評判の美人。十九歳。
多加……太物問屋巴屋のおかみさん。
奈美……多加の娘。
古宮蓮十郎……手習所耕研堂の雇われ師匠。
弥之助……岡っ引き。溝猫長屋で育った。
ちんこ切の竜……弥之助の手下。無口な男。
坂井市之丞……小石川の旗本屋敷に住む。蓮十郎のかつての弟子。
坂井鉄之進……市之丞の叔父。剣の腕が立つ。
余吾平……坂井家に長く仕える老僕。

物の怪斬り

溝猫長屋　祠之怪

旗本幽霊屋敷（やしき）　第一夜

一

一陣の風が町を吹き抜けた。辺りの木々を大きく揺らし、通りの砂ぼこりを巻き上げていく。

麻布界隈を縄張りにしている目明しの親分の弥之助は、通り端にある小間物屋の陰に隠れて寒風をやり過ごした後で、己の両肩を抱くようにして大袈裟に震える仕草をした。

冬の夕暮れ時である。仕事を終えて家路を辿る職人や、夕餉の買い物に出たどこかの家のかみさんらしき姿がちらほらと見えるが、どの人も身を縮めて歩いている。たまに通り過ぎる振り売りも、寒さのせいか心なし声に力がないように感じられる。

だが、そんな中にあってもいつもとまったく変わらない声が、遠くの方から弥之助の耳に届いてきた。遊んでいる子供たちの、はしゃぐ声である。

――子供は風の子と言うが……それにしても、たいしたものだ。

弥之助は感心しながら、どこの子供か確かめるために耳を澄ました。こんな寒い日でも元気に遊んでいる子供たちに、飴玉の一つでも買ってやろうかと考えたのだ。

この辺り一帯で「泣く子も黙る」と恐れられている弥之助親分だが、実はかなりの子供好きなのである。泣いている子供を見ると必死にあやすので、結果として黙るのだ。

そんな弥之助だから、麻布に住んでいる子供の顔はみな知っている。声を聞くだけでどこの誰だか分かるはずだ……と思って耳を欹てたが、残念ながら思ったより離れているようで、数人の子供たちの囃し立てるような声がざわざわと聞こえてくるだけだった。

ううむ、どうやら無理なようだなと苦笑いを浮かべて、弥之助は通りを歩き出す。その耳に、「こらっ、銀太っ」というはっきりとした怒鳴り声が届いた。これは子供のものではなくて大人の声だった。

――おいおい、どこから聞こえるのかと思ったら……溝猫長屋かよ。

弥之助は立ち止まり、遠くを見やるような目をした。

溝猫長屋は麻布宮下町（みやしたちょう）の端の方にある。弥之助が今いる場所も同じ町内だが、反対側の端だった。その間には多くの家々が建ち並んでいる。それでも耳に入ってくるのだから、近くで聞いたら相当うるさいだろう。

――まあ、あそこの餓鬼（がき）どもが騒々しいのはいつものことだから……。

弥之助の頭に、銀太、忠次（ちゅうじ）、新七（しんしち）、留吉（とめきち）の顔が浮かんだ。溝猫長屋には他にも多くの子供がいるが、特にこの、十二歳の四人の男の子たちは、良く言えばどんな苦難にぶつかっても立ち向かっていく不屈の精神の持ち主、悪く言えば何度叱（しか）られても悪戯（いたずら）を繰り返す懲（こ）りない性分の持ち主だ。きっとまた何か長屋で悪さをして怒られたに違いない。

あの連中の声なら、ここまで届いても不思議はない。それより驚くべきは、その後に聞こえた大人の声である。溝猫長屋の大家の、吉兵衛（きちべえ）の声だ。

今は別に住居を構えているが、弥之助も子供の頃はあの長屋に住んでいた。その当時はまだ猫がうろついていなかったので溝猫長屋とは呼ばれていなかったが、その頃から吉兵衛は大家であり、そしてその頃から年寄りだった。もちろん今も年寄りだ。そんなに長いこと爺（じい）さんをやっていてよく飽きないものだと弥之助は常日頃から感心している。

もっとも弥之助が住んでいた頃の吉兵衛は、見てくれが老けているだけで実際には爺さんというほどの年ではなかったはずだ。だが今の吉兵衛は、どこからどう見ても紛うことなき立派な年寄りである。それなのに町内の反対側にまで届く大声で悪戯小僧どもを叱り飛ばすという、その矍鑠たる様には舌を巻くしかない。

——まだまだ長生きしそうだな、大家さんは。

結構な話である。ただ、子供たちを叱る勢いそのままで、弥之助にまで説教を垂れてくるのには閉口する。

——俺は目明しの親分として睨みを利かす立場なんだからさ……。

それはさすがに勘弁してもらいたいものだ、と弥之助は首を振り、再び歩き出した。

すぐに目当ての建物が見えてくる。筆道指南耕研堂と書かれた板がまず目に飛び込んできた。溝猫長屋の連中を含む、町内の子供たちの多くが通っている手習所の看板だ。弥之助はここの雇われ師匠の、古宮蓮十郎に会いに来たのである。

今朝早く蓮十郎の方が弥之助の家を訪ねてきて、用があるから夕方に顔を出してくれと言ったのだ。いつも子供たちを教えている部屋にそのまま残って待っているということだったので、戸口ではなく狭い庭の方へと回る。

「古宮先生、いらっしゃいますか」

閉じられた障子戸の向こうへ声をかけると、すぐに「ああ、来たか」と返事があった。

「わざわざ呼び出してすまなかったな」

「いえ、構いません」弥之助は履物を脱いで縁側に上がった。「それよりも聞いてください。今、このすぐ前の通りを歩いていたら、驚いたことに溝猫長屋の大家さんの声がここまで……」

話しながら障子戸を開ける。そして、中の様子が目に入ったところで言葉を止めた。

部屋にいたのは蓮十郎だけではなかった。その前に男が一人座っていた。

「ああ、他にもお客様がいらっしゃいましたか。これは失礼をいたしました」

弥之助は慌ててその場に正座し、丁寧に頭を下げた。相手は侍だった。背筋をまっすぐに伸ばし、体も表情も一切動かさずに、目だけを弥之助へと向けている。

自分や蓮十郎より一回りくらい若そうだから、年はまだ二十二、三といった辺りだろうが、妙に威厳というものが感じられる。相対している手習師匠がいかにも尾羽打ち枯らした貧相な風貌をしているせいかもしれないが……と思いながら、弥之助は蓮十郎の顔を見た。

「これは岡っ引きの弥之助だ」

蓮十郎が若い侍に向かって言った。かなりぞんざいな紹介の仕方だ。そもそも岡っ引きという言葉自体が、この役目をしている者を蔑んだ言い方なのである。町の者から陰でそう言われているのは弥之助も重々承知しているが、面と向かって言うのはこの蓮十郎と、溝猫長屋の吉兵衛くらいのものだ。古くからの知り合いということもあり、この二人のことはもう諦めているが、せめて他の者の前では目明しとか、御用聞きとか言ってくれないかな、と顔をしかめながら、弥之助は再び頭を下げた。

「お上の御用を務めている弥之助でございます」

若い侍はやはり表情をまったく動かさず、ただ軽く頷いただけだった。その様子を上目遣いに見ながら、この男は何者だろうかと弥之助は考えた。風体や態度、身に着けている着物などから考えると、浪人者というわけではなさそうだ。それなりの身分の者だと感じられる。だがそんな人が、町人の子供たちを相手にしているこの耕研堂のような手習所に何の用があると言うのか。

困惑しながら目を蓮十郎に向ける。すると蓮十郎は、やはりぞんざいな言い方で男を弥之助に紹介した。

「で、こいつは坂井市之丞。小石川に屋敷のある、貧乏旗本の次男坊で……」

「うげっ」

弥之助はぱっと市之丞の顔を見ると、そのまま膝を使って、ずずずっと後ろへ下がった。履物を素早く突っかけて縁側から庭へ下りてもまだ後ずさりを続け、尻が垣根に当たったところでようやく止まる。

「おいおい、話を聞いてもらうために呼んだんだ。お前も中に入ってくれ」

蓮十郎が呆れたような顔で声をかけてきたが、弥之助はぶるぶると首を振り、その場に腰を落として畏まった。

「いえ、あっしはここで結構でございます」

「障子を開けっぱなしにしていたら寒いだろうが」

「いや、しかし……」

「市之丞が風邪をひいたらどうするんだ。いいから入れ」

「はあ……それでは」

弥之助は立ち上がり、そろそろと縁側へ近寄った。首を竦め、背中を丸めながら部屋に上がり、丁寧に障子戸を閉める。それから蓮十郎の斜め後ろの、部屋の隅に小さく縮こまるようにして座った。

「泣く子も黙る弥之助親分が、そんなにびくびくするなよ」

蓮十郎が首を巡らせて弥之助へ目を向け、馬鹿にしたような口調で言った。

「半分は先生のせいですぜ」弥之助は蓮十郎を睨みつけた。「次男とはいえ、坂井様は御旗本の御子息でしょう。それなのに先生は……」

こいつ、と言ったり、市之丞と呼び捨てにしたりしている。一介の浪人者がそんなことをするなんて、礼儀知らずを通り越して馬鹿なんじゃないかと弥之助は思った。

「まあ、お前が言いたいことも分かるが……市之丞は俺の弟子なんでな」

「弟子……、ああ、剣術の」

蓮十郎はこの耕研堂に雇われる前に、剣術道場を開いていた時期がある。どうやら坂井市之丞はそこへ通ったことがあるらしい。

「しかし、それにしたって半日とか、せいぜい三日くらいの間でしょう。それで師匠面するのはどうかと……」

今の蓮十郎は、とても丁寧に子供たちに手習を教える師匠として、それなりの評判を得ている。もちろん悪戯小僧に対しては罰を与えることもあるが、それはどこの手習所でもやっていることで、蓮十郎がことさら厳しいというわけではなかった。弥之助の目から見れば、むしろ甘い部類に入る師匠だった。

だがそれはあくまで手習の師匠としての蓮十郎の話だ。剣術の師匠としての蓮十郎は、厳しいなどという言葉では足りない男だった。

門人をこれでもかと言うほど叩きのめし、気を失ったら水を掛けて起こし、また痛めつける。あまりにも過酷な稽古に胃の中のものを吐き戻す者も出るが、その最中に後ろから蹴りつけるなども当たり前だ。少しも休ませることがない。剣術師匠としての蓮十郎に比べれば、恐らく地獄にいる鬼の方がはるかに優しいだろう。

そんなだから、せっかく道場に来た門人も早ければその日のうちに、大半は三日ともたずに逃げ出すのが常だった。当然の結果だが蓮十郎の剣術道場は潰れ、その後、耕研堂に雇われて今に至るというわけである。

「そんな短い間だったら俺も今さら師匠面なんてしないよ。そもそも覚えてすらいない。この市之丞はな、これだけの間、俺の道場に通ってきたんだ」

蓮十郎はそう言いながら、弥之助に向かって片手を広げてみせた。

「ほお……五日ですか。それはたいしたものだ」

「いや、五十日だよ」

「ええっ、まさか」

「本当だよ。道場の壁に傷を付けて数えていたから間違いない。最も長く続いた門人だ。しかもあの頃の市之丞は、まだ十三、四だった。たいしたものだ。他にもう一人、同じくらい長く通ってきた男がいるが、そちらはもう大人だったからな。市之丞より少し下だ」

蓮十郎は皮肉を込めた口調で弥之助にそう告げ、それから目を市之丞へと向けた。

「だが弥之助の言うことも分からんではない。呼び方くらいは丁重にするか。どうしようかな。坂井様、市之丞様、殿様……これは当主じゃないから違うか。それなら若様……」

「本日は弟子として、師匠に頼み事をするために参っております。市之丞で構いません」

弥之助は、市之丞の声をようやく聞いた。落ち着いた様子で静かに喋ったからか、思っていたより低い声だった。丁寧な口調ではあったが、それでもどこか相手を威圧するような雰囲気が感じられる。やはり旗本の子息は違うな、と弥之助はますます畏まった。

しかしそう感じたのは弥之助だけだった。蓮十郎はつまらなそうに「ふうん」と呟いて、尻の辺りをぼりぼりと掻いた。人格が手習の師匠から剣術の師匠の方へと替わっているので、相手が何者であろうと気後れするようなことは一切ないらしい。

気を悪くしてはいないだろうかと、弥之助は市之丞の顔を盗み見る。まったく表情が動いていなかった。さすがに五十日も道場に通っていただけあって、蓮十郎のこういう人柄は承知しているようだ。

「……それで、俺に頼み事ってのは、いったい何だ」

尻を掻いていた手をそのまま背中の方へと回しながら蓮十郎が訊いた。

「師匠に、うちの屋敷に出る物の怪の退治をお願いに参りました」

「ほう」

蓮十郎の手が止まった。後ろにいる弥之助を振り返って、にやりと笑う。それからまた市之丞へと顔を戻して訊ねた。

「物の怪退治とは面白そうな話だが、どんなのが出てくるんだい。市之丞も見たことがあるのかな」

「いえ、見たことはありません。用人や中間、女中などの前に現れます。そのせいですぐに出ていってしまうので人が居つかず困っています。用人は一年で逃げ出しますし、中間に至ってはもっと短い。何かあるとすぐにどこかへ行ってしまう」

禄高の多い旗本家なら代々その家に仕えている譜代の用人がいるが、坂井家のように貧乏なところだと、たいていは渡り用人と呼ばれる、あちこちの旗本家を転々としている者を雇っている。中間奉公をしている者も同様だ。少しでも条件の良い雇い主の元を選んで移り歩いているような連中だから、物の怪が出るような屋敷に居つかないのは当然だろう。

「それでもまったく人がいないのは困るので、屋敷にいてくれる者を探して置いてはいるのですが、これが見事に役に立たない。食べて寝るだけの輩でして。古くからいる余吾平という老僕がいるので何とかなっておりますが……。それから女中も、うちは知行地の者を二人使っているのですが、こちらも入れ替わりが激しい。村ではうちへの女中奉公のことを密かに人身御供と呼んでいるとか。それもこれも、すべて物の怪のせいでして……」

「いや、実はお前のところの待遇が悪いから逃げるんじゃないのかい。物の怪のせいにして」

　蓮十郎がさらっと失礼なことを言った。これはさすがに任せておけないと、弥之助は慌てて口を挟んだ。

「坂井様、使用人たちが見たという物の怪は、いったいどのような様子なのでしょうか。一つ目の大入道とか、毛むくじゃらの化け物とか……」

「いや、耳にした限りでは、死霊とか生霊とかいった類のようだ。昨年うちから逃げ出した中間は、夜中に女の幽霊に襲われたと周りの者に言っていたらしい」

市之丞は体を少し動かし、弥之助の正面を向いた。表情こそまったく変えていなかったが、内心では蓮十郎の口の悪さに閉口していたらしい。ここからは弥之助相手に喋ると決めた風だった。

「幽霊……となりますと、それは古宮先生のような剣術遣いではなく、僧侶とか修験者とか、そう言った者たちにお頼みになった方がよろしいのではないかと……」

弥之助が告げると、市之丞は「うむ」と頷いた。

「むろんこちらも初めはそう考えて、僧侶や祈禱師などを呼んだ。諸国を巡っている途中の雲水に寄ってもらったこともあった。安倍晴明の生まれ変わりの男の娘婿の養子の友人だとかいう拝み屋を連れてきた時もある。だが、効き目はなしだ。いずれも我が屋敷に出る物の怪を退けることはできなかった」

「はあ……」

最後のはかなり胡散臭いが、とにかくその手の者を呼んでも無駄だったというのは分かった。

「そこで今度は、武芸者を何人か招いて、屋敷に泊まらせてみた。剣術道場の師範や、武者修行の旅をしている者などだ。残念ながらこちらも駄目だった。ただ、夜中にばたばたと騒いでいるので、戦おうとはしていたようだ。もっとも、翌日には無言で屋敷を去るので、詳しいことは分からぬが」

屋敷に勤めている者だけでなく、泊まった武芸者の前にも幽霊は現れるらしい。

「しかし相手が幽霊では、たとえどんな剣の達人であっても、どうしようもないのではありませんか」

「ところが面白いことに、屋敷に泊まった武芸者たちは手傷を負っているのだ。つまり、相手はまったくの幻というわけではないらしい」

「ははあ……」

「手応えのある相手なら、相当に腕の立つ者を用意すれば何とかなるかもしれないと考えた。そこで浮かんだのが、古宮蓮十郎先生だ。人柄はともかく、剣の腕なら誰にも負けない。あの古宮先生なら間違いなく何とかしてくれる……と思ったのだが、残念ながら道場が潰れていた。そこで四方八方に手を回して捜し、ようやく見つかったというわけだ」

「なるほど、よく分かりました」

弥之助はちらりと蓮十郎を見た。斜め後ろからなので細かい表情まではっきりとは見えないが、頬(ほお)が緩(ゆる)んでいるのは分かった。明らかにやる気になっている。相手は死霊なのだから、遠慮することなく思う存分叩きのめせる……などと思っているに違いない。

「……しかし坂井様、あまり古宮先生に期待しない方がよろしいかと存じます。これまでお屋敷に泊まった武芸者たちはみな幽霊を見ているようですが、どうも古宮先生は……そちらの方は鈍(にぶ)いと申しますか……」

蓮十郎が振り返った。頬に浮かべていた笑みは消え、顔をしかめて弥之助を睨みつけている。面白いことになりそうなのに、何を言い出すんだこの野郎、と思っているのは分かる。しかしその鋭い眼光に屈することなく弥之助は言葉を続けた。

「坂井様はご存じないでしょうが、実は古宮先生は、これまで幾度か幽霊が出るような場所を訪れているのです。詳しくは言えませんが、番頭が殺された仏具屋とか、多くの者を殺した盗人(ぬすっと)野郎の家とか……。しかしいずれの場所でも、そこにいた別の者が幽霊に遭っていながら、古宮先生はまったく見ていないのです」

「おい弥之助、それを言うならお前だって同じだろうが」

「はい、その通りです。つまり、私も先生もそちらの方にはからっきし鈍いのです。ですから、あまり坂井様が期待をお持ちになると後々気の毒なことになるかもしれないと、そう思って申し上げているのです」

「それで市之丞の気が変わって、この話がなくなったら俺が気の毒じゃないか。幽霊をなぶり殺しにできるかもしれないと思って喜んでいるのに……」

「幽霊をなぶり殺しって……そりゃいくら古宮先生が強くても無理だ」

「何事もやってみなけりゃ分からんだろうが」

「いや、分かりますって」

「俺はね、日頃から子供たちに、決して物事を途中で投げ出してはいかんと教えているんだよ。その俺が、始める前から諦めるような真似(まね)をするのは……」

「だって幽霊ですよ。それを……」

手習師匠と目明しの親分の間で間抜けなやり取りが続く。ここで初めて坂井市之丞の表情が動いた。

「……まあまあお二人とも」

市之丞は手を前に出して二人の会話を止めた。その顔にあるのは呆れた表情でも、困った表情でもなかった。市之丞は笑みを浮かべている。まるで話の流れがこうなるのをあらかじめ知っていたかのようだった。

「確かに、古宮先生の目に幽霊が見えるとは限らない。そうなると、せっかく来ていただいても無駄足になってしまって先生に失礼だ。その上、こちらが嘘を吐いていると取られてしまうかもしれない……そこで、幽霊が分かる者に同行してもらうのはどうだろうか。たとえ先生には見えずとも、その者に幽霊のいる場所を教えてもらえばいい。先生ほどの腕の持ち主なら、それで何とかなるかもしれない」

「坂井様、いくらなんでもそれは無茶かと……」

弥之助の方が呆れ顔になった。どんなに蓮十郎が剣の達人であっても、さすがに厳しいのではないか。

「……それに幽霊が分かる者なんて、そうそうそこら辺に転がっては……」

「いるだろう、溝猫長屋に。忠次、新七、留吉、それに銀太という四人の男の子が」

むっ、と声を上げて、蓮十郎が市之丞の方を向いた。それに合わせるかのように、市之丞もそれまで弥之助の方を向いていた体を動かし、蓮十郎と相対した。

「おい市之丞、どうして知っている。そのことは溝猫長屋の住人の他だと、俺や弥之助などごくわずかな者しか知らないはずだ」

「古宮先生を捜し回っているうちに知りました。溝猫長屋に住む子供たちの中で一番年長に当たる男の子は、長屋の奥にある『お多恵ちゃんの祠』に毎朝お参りしなければならないという決まりがある。そしてそうすると、どういうわけか幽霊が分かるようになる。年長に当たる子供が一人か二人ならごく当たり前に幽霊に遭うだけだが、今年は四人いるので、なぜか『見る』『聞く』『嗅(か)ぐ』に力が分かれ、順番にそれがやってくる……ということでしょう。なかなか興味深い話だ。古宮先生、ぜひその男の子たちと一緒にいらっしゃってください。すでに屋敷の者には話を通してあるので、旗本の屋敷だからと言って遠慮することはありません。何なら、弥之助親分もご一緒にどうぞ」

市之丞はそこまで言うと、すっと立ち上がった。

「それでは明日ここへ屋敷の者を来させますので、後のことはその者に訊いてください。ああ、見送りは結構」

市之丞はくるりと向きを変え、振り向くことなく部屋を出ていった。戸口が開く音が聞こえてくる。次に閉まる音が届いたところで、弥之助と蓮十郎は顔を見合わせた。

「……昔の師匠ということで一応は俺のことを立てていたようだが、それでいて有無を言わさぬ押しの強さもしっかりと見せていったな。さすが旗本の子息だけのことはある」

「先生、感心している場合じゃありませんぜ。どうなさるおつもりですか。先生だけならまだしも、御旗本のお屋敷に、町人の子供を四人も連れていくっていうのは……」

「向こうが連れてこいと言っているのだから構わないんじゃないか。それに、あの子たちも行きたがるだろう」

「そりゃ、あの連中なら大喜びでしょう。だから困るのです。御旗本のお屋敷ですよ。広いんですよ。そんな所にあいつらを連れていったら……」

かくれんぼを始めるかもしれない。幽霊云々(うんぬん)より、そっちの方がよほど恐ろしいと弥之助は身震いした。

二

小石川にある旗本屋敷へと向かって弥之助は歩いている。

先頭を行くのは古宮蓮十郎と、案内に訪れた坂井家の老僕だ。用人や中間、女中など、他の使用人が物の怪を恐れてすぐに逃げ出していく中で、この余吾平だけは長く坂井家に仕えているらしいが、見たところではどこにでもいる年寄りだった。

二人の後ろを忠次、新七、留吉、そして銀太の、四人の男の子たちがついて行く。

その六人の背中を見るようにして弥之助が続く。さらにもう一人、弥之助の背後にぴったりとくっつくような形で、年寄りが口うるさく喋りながら歩いていた。

「おい弥之助、ちゃんとあの連中を見張っていなけりゃ駄目だぞ。間違っても走り回らせるなよ。障子や襖(ふすま)を破いたら大変だからな。もし高そうな壺(つぼ)や掛軸があったら、あの余吾平さんに言ってどかしてもらうように。それから……」

溝猫長屋の大家の、吉兵衛である。

「……夜中に一度、銀太を起こして厠(かわや)へ連れていくことを忘れないようにな。御旗本のお屋敷の布団に寝小便の跡をつけたら大変だから。ええと、他には……」

「そんなに心配なら、大家さんも一緒に泊まればいいのに」

「儂(わし)だって、できればそうしたいよ。だが今日はたまたま親類の者がうちに来ていて無理なんだ。明日の朝には帰るから、もう一日ずれてくれれば良かったのに、まったくもう……」

親類が来ているなら、いつまでもついてこないでさっさと長屋に戻ればいいのに、と弥之助は思った。ちょっと見送るだけだと思っていたら、ああだこうだと喋っているうちに、いつの間にか市ケ谷(いちがや)の辺りまで来てしまっている。

「……ところで、その坂井市之丞様という方は……信用できるのかね？」

これまでの調子とは異なり、低い声で囁くように吉兵衛が言った。驚いた弥之助が振り返ると、吉兵衛は立ち止まり、前の方を歩く余吾平の背中を睨むように見つめていた。

「当主だった父親が数年前に亡くなり、兄が坂井家を継いでいるということだったな」

「はあ」

その辺りは、ここまで来る道々で吉兵衛が余吾平からしつこく聞き出した話である。この、市之丞の兄である平十郎は、家督を継いだ後で病に臥してしまったという。そのため坂井家は無役の者がつく小普請組という組織に配属されている。

市之丞は兄の病は屋敷内に現れる幽霊が原因だと考えていて、それで退治しようと躍起になっている、というのが余吾平の説明だった。

「余吾平さんの話を聞くと、坂井市之丞様というお方は、兄思いの心優しい弟だと言えなくもない。だが弥之助、お前が話した坂井市之丞という御仁の印象は、正直あまり良くないんだよ。だから、本音を言えば子供たちをそんな屋敷へやりたくはないんだ。兄の病というのも気になるしな」

弥之助は頷いた。市之丞が考えているように平十郎の病が幽霊のせいだとしたら、それを感じることのできる子供たちの体にも異変が起こってしまうのではないだろうか。

　吉兵衛は目を弥之助へと移し、厳しい顔で言った。

「儂はここで家へと戻らせてもらうが、いいか、弥之助、もし子供たちの身に少しでも何かありそうだったら、すぐに屋敷から離れさせろ。夜中でも構わないから連れ帰ってくるんだ」

「はい、分かりました」

　弥之助は神妙に頷いた。吉兵衛はそんな弥之助の顔をしばらく見つめた後で、「くれぐれも頼んだぞ」と念を押し、それから踵を返した。

　溝猫長屋へ戻っていく吉兵衛の背中を見送ってから、弥之助はだいぶ先へと行ってしまったであろう他の六人を早足で追いかけた。

　幸いにして、少し先の曲がり角の所で子供たちが立ち止まっていたのですぐに追いつくことができた。

「おいおい、わざわざ俺を待っていてくれたのかい。すまなかったな」

　子供たちのそばまで寄ったところで、弥之助は声をかける。すると子供たちは弥之助の方へ顔を向け、一斉に首を振った。

「違うよ親分さん、そうじゃなくて……」

新七が言いかけた言葉にかぶさるように、若い女の声が聞こえてきた。

「あら、親分さんもいたのね。こんな所で会うなんてびっくりだわ」

聞き慣れた声だった。驚いた弥之助が声のした方を見ると、顔見知りのお紺という娘が、曲がり角の向こうでにこにこしながら立っていた。

弥之助は顔をしかめた。このお紺は、麻布坂下町にある菊田屋という質屋の一人娘だ。年は十六、涼しげな目元をした美人でありながら愛嬌に溢れた笑顔も併せ持つ、乳母日傘で育てられた菊田屋自慢の箱入り娘である……と当人が自分で周りに言いふらしている娘である。

容姿についてはともかく、箱入り娘だという話は明らかな嘘だ。父親はそうやって育てたかったようだが、勝手に箱から出てしまうので諦めた、というのが本当のところである。こうして坂下町から離れた市ヶ谷の地を、一人でふらふらと歩いていることからもそれが分かる。

「びっくりしたのはこっちだよ。お紺ちゃんこそ、どうしてこんな所にいるの？」

銀太が訊ねた。他の子供たちも一斉にうんうんと頷く。

「この近くにある太物問屋の巴屋さんに用があって来たのよ。そこはね、あんたたちが見たら驚いて腰を抜かすほどの大店なの。でも、そこの旦那さんが商売を始めた頃は随分とお金に困っていて、それでうちへよく質入れに訪れていたのよ。そうして苦労しながら少しずつ商売を広げていって、大店になるまで上り詰めたってわけ。だから、そこの旦那さんは今でもうちのお父つぁんに頭が上がらないのね。何かっていうと贈り物をくれたり、あたしを芝居見物や物見遊山に連れていってくれたりするのよ。巴屋さんにはあたしと同い年の娘さんがいるから、相手にちょうどいいのね。それでね、これは驚かないで聞いてほしいんだけど……」

お紺がそう言うと、四人の男の子たちが一斉に身構えた。「驚かないで聞け」と言われた話を聞いた時は驚くように、と男の子たちはお紺に躾けられているらしい。こいつら素直な犬のような連中だな、と思いながら、弥之助もお紺の言葉を待った。

「巴屋の娘さんとおかみさん、そして巴屋で働いている女中さんたちが明日から江ノ島見物へ行くんだけど、それにあたしと、あたしの友達のお千加ちゃんも連れていってくれることになったのよ」

お紺は満面に笑みを浮かべて男の子たちの顔を見回した。しばらくしてから、「へえ」「すごいなぁ」「羨ましいなぁ」という声が男の子たちから上がった。

「ちょっと間があったけど、驚いてくれて嬉しいわ」

お紺は満足そうに頷いた後、少し眉根を寄せて新七の方を見た。

「だけど、新七ちゃんだけは何も言わなかったわね。何か気になることがあるのかしら」

「いや、たいしたことじゃないけどさ。時期が悪いんじゃないかと思って。こんな冬の寒い時に行くなんて……」

「ふん、甘いわね。だからいいんじゃないの。この季節は物見遊山に歩く人が少ないのよ。つまり、旅籠屋も空いているってわけね。混んでいる時期に行って相部屋なんてことになったら嫌じゃない。そうならないだけでも嬉しいけど、もっと言うと、巴屋さんが懇意にしている旅籠屋さんにもう話が通っていて、離れになっている立派な部屋に泊まれることになっているのよ。どう、すごいでしょう」

「うん……でも、やっぱり今の時期はどうかなあ。ここ最近は風も強いし、歩くのが大変なんじゃないかと思うんだけど」

「ますます甘いわね。このお紺さんを見くびってもらっちゃ困るわ。芝居見物や物見遊山、御先祖のお墓参りに至るまで、あたしがどこかへ出かける時は必ず晴れ渡るのよ。雨どころか風も吹かない、とても穏やかな日和になるの」

「本当かなあ」

新七だけでなく、銀太や忠次、留吉の三人も、そして弥之助までも首を傾げた。

「信じていないみたいね。ふん、別にいいわよ。あんたたちと一緒に行くわけじゃないからね。それじゃあ、あたしは旅の支度があるからこれで行くわね」

いつものお紺なら機嫌が悪くなりそうなところだが、旅に出る前で気分が浮き立っているせいか、にっこりと笑って会釈をして、軽い足取りで去っていった。

その背中を見送りながら弥之助は、ふう、と安堵の溜息を吐いた。お紺が男の子たちから旗本屋敷の幽霊の話を聞き出し、あたしも一緒に行く、などと言い出さないかとびくびくしていたのだ。これまでだと幽霊騒動には必ずお紺が絡んできたが、江ノ島に行くというのなら、しばらくはお紺のことを頭からどけてしまってよさそうである。少しでも面倒なものが消えてくれるのはありがたい。

ほっとしながら目を通りの先へと向けると、少し離れた所で蓮十郎と余吾平が立ち止まり、並んでこちらを眺めていた。

「あまり待たせたら悪いから、さっさと行くとしよう」

まだお紺を見送っている子供たちを促してから、弥之助は再び小石川へと向けて足を踏み出した。

小石川界隈に入ってしばらく進んだところで、弥之助の前を歩いていた留吉が立ち止まった。辺りをきょろきょろと見回したかと思うと、突然その場に座り込む。

「おい、どうした留吉、気分でも悪いのか」

弥之助は慌てて駆け寄った。留吉は少し前から足取りが重くなっていたので、具合が悪くなったと思ったのだ。だが、そばに近づいてみて、自分の間違いに気づいた。

留吉は両耳を押さえて蹲(うずくま)っていた。

お多恵ちゃんの祠へのお参りを始めた溝猫長屋の子供たちは幽霊が分かるようになってしまうわけだが、今年は人数が多いので『見る』『聞く』『嗅ぐ』のどれか一つの力が順番に巡ってくるようになっている。どうやら留吉は、弥之助の耳には届かない何かを聞いているらしい。

「古宮先生、余吾平さん、ちょっと待ってください」

前を行く二人に声をかけてから、弥之助は留吉のそばで腰を屈(かが)めた。

「何が聞こえるんだ、留吉」

「人の悲鳴だよ。実はちょっと前から耳鳴りのような音が聞こえていたんだけどさ。先へ進むにつれてそれがどんどん大きくなっていって、ここまで来たらはっきりと人の声だと分かるようになったんだ。それも一人や二人じゃないんだ。大勢の人の悲鳴が耳の奥で響いている。ごめん、おいらもう進めないよ。今よりも声が大きくなったら、頭がおかしくなっちまう」

留吉は顔を歪めながら言った。かなり辛そうだ。

「そうか……」

困ったな、と思っていると、今度は横で新七が「まずいな……」と呟いた。そちらへ目を向けると、新七は鼻を動かして辺りのにおいを嗅いでいた。そして、しばらくすると立て続けに大きなくしゃみをした。

「参った。すぐそこまで訪れている冬の香りが止まらない」

「おいおい新七。今は冬の真っただ中なんだが」

「ああ、ごめんなさい。親分さんには分からないか。秋にさ、川の中に引きずり込む女の人の幽霊とか、部屋の戸口に目印の経文のようなものを書き記していく死神とか、そういう性質の悪いやつらに出遭ったことがあったでしょう。その時に感じたのが、ひんやりと冷えた臭いだったんだ」

「ああ、思い出した。確か死神の時は新七が嗅ぐ順番に当たっていたな」

「その時と同じ臭いが今もしているんだよ。しかもずっと強い。わざわざ臭いを嗅がなくても、当たり前に息をしているだけで……」

くしゅん、と新七はまた大きなくしゃみをした。

これでは新七も先へ行かさない方がよさそうだな、と考えていると、蓮十郎と余吾平が戻ってきた。

「もう、あとほんの少しでございますよ。もし子供たちの具合が悪いなら、とにかく屋敷まで行って、そこで休まれた方がいいでしょう」

余吾平が心配げな様子で留吉を見ながら言った。

「いや、そういうわけにもいかないんです。申しわけありませんが、この子たちをこれ以上お屋敷に近づけることは……」

「余吾平さんっ」

弥之助の話を遮って、忠次が大声を上げた。慌ててそちらを見ると、忠次は腕をやや上方へ伸ばし、遠くを指さしていた。

「余吾平さん、おいらたちがこれから行くお屋敷は、あっちだよね」

「ふむ」余吾平は忠次が示している方角へ目を向けた。「その通りだよ。高い杉の木が何本か生えている、その向こう側だ」

忠次は、ふうっ、と大きく息を吐き出して腕を下ろした。それでも目はじっと坂井家の屋敷の方角を見据えたままだった。

「ごめん、親分さん。おいらも駄目みたいだ。とてもじゃないけど恐ろしくて、これより先へは進めない」

「どうした、何が見えるんだ？」

弥之助は先ほど忠次が指していた、杉の木の梢の少し上の空を見た。当然であるが、何も見えなかった。綺麗な青空が広がっているだけだ。

「真っ黒い雲が渦を巻くように浮かんでいてさ、その中に目が二つあるんだ。それがおいらの方を睨んでいるんだよ」

「ううむ」

いつも通りだ。春に初めてこの子たちが幽霊に出遭った時も、その後の夏も、そしてこの前の秋も、始まりはこの順番だった。留吉が奇妙な音や声を聞き、新七が嫌なにおいを嗅ぎ、忠次がこの世ならざるものを見た。そして……。

「なんだよ、またおいらだけ仲間外れかよ」

銀太が口を尖らせながら文句を言った。それでも足りないと思ったのか、腕をぶんぶんと振り回しながら地団太を踏む。これもいつも通りだ。見事に銀太一人だけ蚊帳の外に追いやられている。

「余吾平さん……」弥之助は余吾平へと目を向けた。「子供たちの具合が悪くなったのでお屋敷へ連れていくことができなくなりました。そのように坂井様にお伝えしてください」

「はあ、それは構いませんが……しかしはるばる麻布へ戻るより、屋敷で休んだ方がよろしいのではないかと。もし必要なら医者も呼びますし」

「いや、帰ります」

弥之助はきっぱりと断った。その屋敷が子供たちの不調の原因なのだ。吉兵衛と約束した手前もある。子供たちを連れて引き返そう。

「古宮先生」今度は蓮十郎の方を向く。「そういう次第ですので、私はこの子たちを溝猫長屋へ送っていきます」

「うむ、仕方ないな」

「それでは、銀太のことはよろしくお願いいたします」

「ああ？　一緒に連れ帰るんじゃないのか」

「いや、こいつは元気そうですし」

そう言いながら銀太を見ると、うんうんと大きく頷いていた。

「御旗本のお屋敷に泊まるなんて、多分これを逃したら一生ないと思うんだ。だからおいらだけになっても行くよ」

「……と、本人も言っていますから」

「おいおい……」蓮十郎は天を仰いだ。「銀太は仲間外れの順番になっていて、何も感じやしないんだろう。連れていくことに何の意味があるんだ」

「まあ、そうおっしゃらずに。坂井様から子供たちも連れてくるように言われているじゃありませんか。銀太がいれば一応は格好がつく」

「ううむ……」

いない方が面倒がなくていいんだがなあ、と呟き、首を振りながら蓮十郎は歩き出した。その後ろから、銀太がまるで跳ねるような軽い足取りでついて行く。最後に余吾平が、弥之助に向かって軽く会釈をしてから二人を追いかけた。

「さて、俺たちもこの場から立ち去るか」

弥之助は忠次、新七、留吉の三人に声をかけた。蹲っていた留吉が立ち上がり、耳を押さえたまま来た道を戻っていく。新七が時々くしゃみをしながらついて行った。最後に忠次が、目を屋敷の方角へ向けたまま、後ずさりをしながら離れていく。

——ここから遠ざかれば、あの子たちも元通りになるだろう。

弥之助はそう思いながら、三人を追いかけようと足を踏み出しかけた。しかし、あることを思い出して、慌てて後ろを振り返った。

どこかの角を曲がってしまったのか、蓮十郎と銀太、余吾平の姿はもう見えなくなっていた。

――夜中に一度、銀太を小便に起こすように伝えるのを忘れちまったな。

急いで蓮十郎に告げに行こうか、とちらりと考えたが、必ず寝小便をするというわけではないだろうから別に構わないだろう、と思い直し、弥之助は溝猫長屋へと向かって歩き出した。

三

坂井家に着くと待ち構えていたように市之丞が出てきた。蓮十郎は、そのまま庭の方へと回らされた。

「物の怪が出るのは屋敷の奥の方の部屋で、門に近い方には出ません。そのため屋敷内にいる者はみな、半分より奥へは滅多(めった)に行きません」

庭を歩きながら市之丞が説明する。

「たまに余吾平が様子を見に行きますが、せいぜいそれくらいです。だから先生たちは奥の二間を好きに使っていただいて結構です。ただ、他の部屋には入らないようお願いします。女中もおりますし、それに兄が病に臥しているということもありますから」

ふむ、と頷きながら、蓮十郎は振り返った。銀太はすぐ後ろからついてきている。それを確かめてから、辺りをきょろきょろと見回した。庭の手入れや簡単な建物の修繕は恐らく余吾平の仕事だろうが、見事に奥半分が荒れ果てていた。滅多にそちらへ行かないというのは本当のようだ。

多分、泊まらされる部屋も掃除がなされず薄汚れていることだろう。その方が気は楽だが、と思いながら、目を屋敷の建物の奥の、さらにその先へと向けた。

「土蔵があるな。その横に小さな離れがあるようだが」

「ああ、あれはただの物置小屋で……」

市之丞が口を開きかけた時、その小屋の戸が開き、中から男が三人どやどやと出てきた。

三人は蓮十郎たちがいるのに気づくと、にやにやと笑いながら近づいてきた。

「真ん中にいるのは叔父です。他の二人はその取り巻きでして」

市之丞が小声で呟き、すすすっと庭の端へ寄った。叔父に遠慮して避けた、という感じではなかった。それよりも、剣術の試合の際に相手から間合いを取る動きに近かった。

蓮十郎は近づいてくる三人へ目を戻した。市之丞が叔父だと言った男は痩せていて、やけに顔色が悪かった。だが、かなり剣の腕が立つ男のようだ。歩く姿を見ただけで蓮十郎にはそれが分かった。

両脇にいる二人の男も同様に、強そうに見える。三人とも恐らく人を斬ったことがありそうだな、と蓮十郎は感じた。とにかく人相が悪い。

なかなか面白そうな男たちだ、と思ったが、さすがにいきなりの揉め事はまずい。それに子供もいることだし、と蓮十郎は考え、銀太の手を取って市之丞の脇へと下がった。

市之丞の叔父とその取り巻きの三人は、蓮十郎たちが立っている場所の正面まで歩いてきたところで立ち止まった。大袈裟に顔を動かして、蓮十郎の頭の天辺から足の先までをじろじろと眺める。

「ふうん。今度は子連れの剣術遣いを連れてきたのか。懲りないな。どうあがいても、あの死霊どもは消えんよ」

市之丞の叔父は馬鹿にしたような調子でそう言うと、再び歩き出した。何がおかしいのか分からないが、取り巻きの二人が大声で笑いながらその後について行った。

三人が去った後には熟柿臭さが漂っていた。市之丞の叔父は酒を飲むと赤くならずに、青くなる性質らしいな、と思っていると、「部屋に案内します」と言って市之丞が歩き出した。建物の裏手へと向かっていく。そちらに裏口があるようだった。

叔父のことは訊くな、と市之丞の背中が言っているように感じられた。ここの当主は市之丞の兄だから、あれは養子先が見つからずに家に居続けている「厄介叔父」というやつなのだろう。妙な取り巻きを連れている辺り、本当に「厄介」な叔父のようだ。

あの連中にも少し興味があるが、しかし今は物の怪の方をどうにかしなければな、と考えながら、蓮十郎は銀太の手を引いて市之丞を追った。

その晩。

屋敷の一番奥の部屋で眠っていた蓮十郎は、ふっと目を覚ました。かすかな気配を感じたのだ。枕元に置いてあった刀へそっと手を伸ばす。

ゆっくりと体を起こし、まず隣で寝ている銀太の様子を確かめた。さすがに夜はかなり冷えるので、もし足でも出していたら夜具をかけ直してやろうと思ったが、銀太は綺麗に丸まって夜具に体を包み込み、気持ちよさそうに寝息を立てていた。

他にも何か聞こえやしないかと耳を欹てる。表は風があるようで、屋敷の周りに生えている木々の枝が揺れる音が聞こえてきた。しかしそれだけで、怪しい物音は何一つ耳に入っては来なかった。

顔を動かして辺りを見る。月が出ているので、障子戸の外がうっすらと明るかった。そのお蔭（かげ）で、しばらくすると目が慣れてきて部屋の様子が見て取れるようになった。

部屋の中にいるのは蓮十郎と銀太の二人だけだ。何も置かれていない、がらんとした部屋なので間違いはない。

だが、蓮十郎は怪しい気配を感じ続けていた。どこだかは分からないが、そう離れていない場所に何かがいる。そういった類の気配だった。

――隣の部屋かな。

蓮十郎は閉じてある襖を見た。その向こうも市之丞から好きに使っていいと言われている場所だ。こちらと同じように、何も置かれていない部屋だった。

静かに立ち上がり、襖のそばへと耳を寄せる。こちらの部屋の銀太の寝息と、表の風の音が聞こえてくるだけで、隣の部屋では物音一つしなかった。少なくとも人の気配はない。

――だが、俺がここへ会いに来た相手は人じゃないからな。

慎重にやろう、と蓮十郎は考え、刀を伸ばした。鞘の先を引手に掛けて、そっと襖を開ける。

隣の部屋に人の姿はなかった。まあ、そうだろうなと思いながら敷居を跨ぐ。

一歩だけ足を踏み入れたところで、蓮十郎は動きを止めた。部屋の中には確かに誰もいない。だが、障子の向こう側に影があった。

女の影だった。それが廊下に立っているのだ。月明かりに照らされて、その姿が障子にはっきりと映っている。

――つまり、ほとんど障子にくっつくようにして立っているということだな。

そうでないと、月明かりでは影がもっとぼんやりとしたものになる。影の大きさから考えても、女は障子のすぐ向こう側にいるはずだ。

「……ここの女中かな。夜中に何か用か」

念のために蓮十郎は、小さく声をかけてみた。影は微動だにしなかった。

――ふむ。

よくよく見ると、表は風が吹いているのに、着物の裾も、袂もまったく揺れていなかった。まるで女の形に切った黒い紙が貼りついているかのようだ。

だが、間違いなくそれは障子に映った影だった。その形をしたものが障子のあちら側にいるのだ。

蓮十郎は後ずさりし、寝ていた部屋へと戻った。そちら側の障子には何も映っていない。

ゆっくりと障子に近づき、そっと開けた。ひんやりとした風が部屋の中に入ってくる。蓮十郎は首だけ伸ばして、隣の部屋の障子戸の前を見た。

誰もいなかった。誰かがいたような気配も一切感じなかった。

静かに障子を閉め、素早く隣の部屋へ移る。そこの障子を見ると、やはり女の影がくっきりと映っていた。

蓮十郎は、間違いなくこれはこの世の者ではないと確信した。

――それなら障子ごと斬ってみようか。いや、しかし……。

この女の幽霊に試されているような気がしていた。相手はこちらの出方を窺っている。

――だったら、正々堂々と事に当たる方がいいだろう。

ここで少しでもびくびくした様子を見せると幽霊に馬鹿にされそうだ。それでは癪だからな、と考えながら蓮十郎はつかつかと障子に歩み寄り、無造作に開け放った。

すぐ目の前に女の幽霊が立って……いなかった。

不思議だった。今まで障子に影が映っていたのに、開けてみると何もいない。あまりにも奇妙な出来事なので立ち尽くしていると、今度は横手から強い気配を感じた。

素早くそちらに目を向ける。先ほどまでぴたりと閉じられていた襖がわずかに開いていた。寝ていたのとは反対側の、入らないようにと言われた部屋との境にある襖だった。

もっとも、その部屋も使われてはいなかった。屋敷の中に通された時に、そのことは確かめてあった。

だから部屋を覗(のぞ)くくらいなら構わないだろう、とつかつかと襖に近寄り、先ほどと同じように無造作に開け放とうとした。

蓮十郎の心に、ほんの少しだけ油断があった。先ほど影の映っている障子を開けたら何もいなかった。だから今度も、開けたところで何もいないだろう、という思いがわずかにあったのだ。もちろんその一方で、そう思わせておいて今度はいるかもしれないという考えも心の底に持っていた。だから一応は心構えをしていたつもりだった。

だが甘かった。相手は襖を開ける前に現れたのだ。蓮十郎が襖に手をかけようとした時、わずか一寸ほどしかない狭い隙間を通り抜けて、女の上半身がぬうっとこちら側へ入ってきたのである。

思わず、「うおっ」と声を上げてしまった。不覚だ。ちょっと悔しいと思いながら、それでも蓮十郎はすぐに刀を抜いた。女の上半身を横から薙ぎ払うように斬りつける。

ところが、女を斬ることはできなかった。刃が当たる寸前に掻き消えたのだ。蓮十郎の刀が斬ったのは襖だけだった。

屋敷中に女の高笑いの声が響き渡った。蓮十郎をあざ笑っているかのようだった。

やがて声は消え、しばらくすると屋敷内に住む者が起き出した音が蓮十郎の耳に届いた。ちっ、と舌打ちして蓮十郎は刀を鞘に収め、後ろを振り返った。

銀太はまだぐっすりと眠っていた。

四

屋敷の者が動いている気配はあったが、こちらの部屋の方へやってくる様子はなかった。恐らく幽霊を恐れてのことだと思われた。それなら、これで終わったわけではないのかもしれないと、蓮十郎は布団の上に座り、じっと辺りの気配を探りながら夜を過ごした。

だが、何も起こらないまま外がうっすらと明るくなった。

もう幽霊も出なそうだな、と蓮十郎が考えていると、廊下の方から足音が聞こえてきた。これは間違いなく生きている人間のものだ。余吾平が様子を見に来たのだろうと思いながら待ち構えていると、驚いたことに障子を開けて、市之丞が入ってきた。

「余吾平以外の者は来ないという話だったが」

「そうなのですが、どうしても古宮先生に伝えておかねばならないことがありまして。ところで、いかがでしたか。古宮先生の前に幽霊は現れましたでしょうか」

「うむ。生まれて初めてその類のものに遭った」

「そうですか。それでは溝猫長屋の子供に来てもらう必要はありませんでしたね」

市之丞はちらりと目を銀太の方へと移した。むろん、この小僧はぐっすりと眠りこけている。

「さて、それで……お伝えしたいのは、これまでにここへ泊まった僧侶や武芸者の、その後の話なのですが」

「武芸者については話さなくて構わないよ。多分、ここで死んだはずだ。『翌日には無言で屋敷を去る』と言っていたじゃないか。つまりそういうことだろう」

「ああ、気づかれていましたか」

「だが、俺は生きているぞ」

「一日目の晩に死んだ者はいません。亡くなるのはみな、二日目の晩でございまして」

「ふうん」

それなら自分は、今晩限りで泊まるのをやめさせてもらおうと蓮十郎は思った。刀が届く寸前に掻き消えてしまうようなのが相手では、どうしようもない。

「それから、僧侶や祈禱師などですが、こちらも大半が亡くなっています。武芸者と違ってこういう人たちは泊まり込むということはないので、うちで命を落としたわけではありません。自分の住まいに戻った翌日か翌々日に冷たくなって見つかるのがほとんどです。遅くとも四日目か五日目には死んでしまっています」

「ああ？」

「それから、武芸者の中には一日泊まっただけで逃げ出した者もいますが、こちらも同じ道をたどります。つまり、遅くとも五日後くらいまでには亡くなるということです」

　蓮十郎は市之丞を睨みつけた。

「ふざけた話だな。俺はそんなものに巻き込まれたってわけか。念のために訊いておくが、生き延びた者はいないのか」

「何人かおります」

「ほう」

　いない、という答えが返ってくるものと思っていたので、蓮十郎は拍子抜けした。

「なんだ、いるのか」

「はい。諸国を巡っている途中に寄った雲水、安倍晴明の生まれ変わりの男の娘婿の養子の友人だとかいう拝み屋などがそうです。武芸者の中でも、武者修行の旅の途中に寄った者で、一晩だけで逃げ出した者は生きています。人を頼んで調べさせましたので確かです」

　蓮十郎は首を捻って考え込んだ。どういう者が生き延びているかというと……。

「……その、胡散臭い拝み屋はどこに住んでいるんだ？」

「神田です」

「だとしたら違うか……」

「もし、江戸から離れれば助かると古宮先生がお考えになったのなら……それは多分、当たっています」

「だが、拝み屋は……」

「私や余吾平などは生きている。そういうことです」

「ああ、なるほどな」

つまり、幽霊に遭っていない者は平気だということだ。その拝み屋は、何の力もない偽者(にせもの)だったから助かった。

「亡くなった僧侶や祈禱師の中には、はっきりと何かを見た、というわけではない者も混じっておりますが、みな何らかの気配のようなものは感じたようです。そういう者は決まって命を落としている。生きているのはまったく力がない者か、江戸を離れた者です」

「つまり、俺も江戸から逃げ出せばいいというわけか」

「そうなります……が、古宮先生はそうなさらないでしょう」

「どうしてそう思うんだ。手習所があるからと思っているなら間違いだぞ。俺は雇われているだけの手習師匠だからな。その気になればいつでも辞められる」

「ご自身の命にかかわっていますので、仕事を投げ捨てることなど造作もないことでしょう。ですが、よくお考えになってください。何らかの気配を感じた者はみな命を落としているのです」

蓮十郎は再び首を捻った。そしてすぐに市之丞が言わんとしていることに思い至った。

「市之丞、貴様……」

相手が旗本の倅であろうと構わず、この場で斬り捨ててやろうかと思った。それくらい腹が立った。蓮十郎は目に力を込めて市之丞を睨みつけた。

「先生がお怒りになるのは分かります。ですが、こちらは是が非でも屋敷に出る物の怪を退治したいと考えているのです。そのためにはどうしても先生の力が必要だ。その先生を否が応でも動かすにはどうしたらいいかと考えた末……」

「子供たちを巻き込んだわけか」

忠次、新七、留吉の三人は、この屋敷に潜む化け物の気配を感じてしまっている。

「もちろん先生だけでなく、子供たちも一緒に江戸から離れるという手もあります。しかしそうすると、これから一生の間、江戸には戻れなくなるのです。罪人でもないのにそんな目に遭うなんて子供たちが可哀想だ……と、剣を持たせたら鬼になるのに子供にはやけに優しい古宮蓮十郎先生なら、そうお考えになるでしょう」

「むろんだ。あいつらは俺のせいで巻き込まれたわけだからな」

今晩限りでこの屋敷に泊まるのをやめる、という考えはなくなった。何としても物の怪を退治せねばならない。もちろん失敗して命を落とすということも考えられるが、何もせずに逃げ出すことはできない。

とりあえず子供たちは江戸から離そう。その間、自分はこの屋敷に泊まり込んで、どんな手を使っても始末をつけるのだ。

「……市之丞。もしうまく幽霊を退治できて、生き延びることができたら……その後でお前を叩きのめすからな。旗本だからと遠慮することなく」

「どうぞ存分にやってください」

市之丞は表情をまったく崩さなかった。そう言われることは分かっていたようだ。

「それから、斬ってしまった襖代は払わんぞ」

「それも結構です。襖が駄目になることは分かっておりましたから。むしろ、障子が無事なことを驚いているくらいです」

市之丞は落ち着いた口調で言った。これも前もって承知していた、という感じだ。

「それと、布団代も払わん」

「は？」

これは予想していなかったようで、少しだけ表情が動いた。

「布団をどうされましたか」

「いや、さっき布団の上に座っていたらな、そこはかとなく、どこかから妙な臭いが漂ってきた。それでまさかと思って確かめたら……銀太のやつが寝小便をしていてな」

市之丞は銀太が寝ている方へ目を向けた。その際、一瞬ではあるが市之丞が顔をしかめたのを蓮十郎は見た。ほんの些細な意趣返しだが、それにしてもよくやった、と蓮十郎は心の中で銀太の寝小便を褒めた。

すすり泣く者

一

「あらぁ、よく似た爺さんと子供たちだわ」

旅籠屋の前に立ったお紺は、街道を江戸の方からやってくる一行を目にしてそう呟いた。

お紺がいるのは程ヶ谷の宿場町である。品川、川崎、神奈川と通り過ぎ、四番目の宿場だ。日本橋から八里九町。宿場のはずれには、江戸を発って初めての難所になる権太坂という急坂がある。その先にある境木地蔵を過ぎると、いよいよ武蔵国を出て相模国に入ることになる。

旅慣れた男なら江戸から一気に次の戸塚まで行ってしまうのだが、女や老人、あるいは江戸を遅く出立した者などはここで宿を取る場合も多い。

お紺たち一行も、一日目はこの程ヶ谷宿で泊まりとなった。江ノ島へ物見遊山に行くだけで決して急ぎの旅ではないし、それに巴屋のおかみさんのお多加やその娘のお奈美、巴屋の女中、それに丸亀屋の娘のお千加など、か弱い女が多い旅だからだ。

泊まる宿が、巴屋が懇意にしている旅籠屋だということもある。前もって話が通っているので、お紺たちは着くとすぐに、母屋とは渡り廊下でつながっている奥の別棟へと案内された。他の女連中はその部屋でゆっくりと体を休めている。しかし「か弱い」中に含まれていないお紺は、まだ夕餉まで間があるから宿場町をぶらぶら見物しましょうか、と一人で旅籠屋の表へと出てきたところだ。

「本当によく似てるわ。きっとどこにでもいる顔なのね」

帷子川に架かる橋を渡ってこちらへ近づいてくるのは、年寄りが一人と子供が四人、それに二十歳過ぎくらいの、どこかの店の手代といった風情の男である。この若い男も見たことがあるような気がする顔だったが、それ以上に他の五人が、お紺の知っている連中に感心するほど似ていた。

「びっくりするくらいそっくりだわ。溝猫長屋の大家さんに、忠次ちゃん、銀太ちゃん、新七ちゃん、それに留吉ちゃん。だけど、こんな所にいるはずがないものね……

って、どうしてあんたたちがここにいるのよっ」

本人たちだった。

「はあ、ようやく追いついた。ふむ、ここの旅籠屋さんかね。怪しい輩と相宿になったら敵わん。儂らの他に、果たしてどんな客がいることやら」

唖然としているお紺を尻目に、吉兵衛が旅籠屋へと入っていった。若い男が続く。こちらもやはりお紺が知っている者だった。巴屋の奉公人だ。

「……ここまで来る間、大変だったんだよ」うんざりしたような声で新七が言った。

「大家さん、途中で目に入るものがみんな護摩の灰に見えるみたいでさ」

頷きながら留吉が言葉を継ぐ。

「それは茶店の女の人だよ、あれは畑を耕しているお百姓さんだよ、向こうにいるのは……馬だよって言っても、いいや儂は騙されないぞって感じで」

護摩の灰とは、道中で旅人に近づいてきて、騙したり脅したりして金品を巻き上げる者のことだ。旅をする時には当然こういった者たちに気をつけなければいけないが、せめて旅人の格好をした者を疑ってほしいものだ。人ですらないものまで含まれている。

「大家さん……あまり旅慣れていないのかしらね」

「うん、そうみたい。それに道中ずっと、寝る時に銭をどうしようかってことも悩んでたよ。枕探しがいるかもしれないから」

こちらは寝ている間に、枕元や布団の下などに置いた金品を盗み取っていく輩のことだ。よほど客のいない宿屋ならともかく、たいていは襖を隔てただけの隣の部屋に見知らぬ者が泊まっているのだから、旅ではこの枕探しにも気をつける必要がある。

「まあ、それでもあの巴屋の人と同じ部屋で寝るんだから平気でしょう。それに、あたしたちとともに来た男の人たちも一緒になるだろうし」

若い娘が三人もいるので、さすがに女だけの旅というわけにはいかない。だから巴屋と丸亀屋から一人ずつ、男の奉公人がお紺たちについてきている。きっとそれにもう一人加わるのだろうとお紺は思ったが、すぐに忠次が首を振った。

「いや、おいらたちと一緒に来た巴屋の手代さんは、ここまで案内してくれただけで、この後すぐにまた江戸に引き返すんだよ」

「ふうん、それは大変ね。さすがの巴屋さんも、働き手が一度に二人も抜けるのは困るのかしら。でも心配いらないわ。あたしたちと来た巴屋さんの人、芳蔵さんっていう三十くらいの人で、お店の下働きをしているらしいんだけど、とにかく体が大きくて力持ち、それでいて気は優しくて、だけど仁王様のような顔をしているっていう、旅のお供にはうってつけの人なのよ」

女たちの荷物のほとんどを芳蔵が運んでいた。お蔭でお紺たちは楽な旅ができている。

もう一人、丸亀屋から遣わされている彦作という者がいるが、こちらは四十も半ばを過ぎたくたびれた感じの男だ。特に女たちを手伝うということもないので、お紺に言わせると「役立たず」である。

「芳蔵さんと同じ部屋なら、賊が押し入っても顔を見ただけで逃げ出すわ。もし、それでも心配だと言うのなら、持ってきたお金などはあたしたちの部屋の方に置けばいい。離れ……と言っても渡り廊下で母屋とつながっているけど、ここの宿の人たちが寝ている部屋の脇を通っていかないと駄目なのよ。それに夜は雨戸を閉めちゃうし、出入り口の戸も内側から心張棒をかっちゃうからね」

「へえ……お紺ちゃんたちはいい部屋に泊まるんだね」

「年頃の美しい娘がいるんだから当然よ。布団だって、今日の昼間しっかりと干した、ふかふかのやつだからね。あんたたちは湿っぽい煎餅布団で寒さに震え、さらに蚤、虱、南京虫に苦しめられながら寝ればいいわ」

ふっふっふっ、とお紺は意地が悪そうな感じで笑った。こういうところは江戸を離れてもまったく変わらない。

「明日は江ノ島を見物してから鎌倉へ行って泊まることになっているけど、そこも同じような旅籠屋さんらしいのよ。やっぱり巴屋さんが懇意にしている所でね。だからあたしたちはいい部屋に泊まるけど、あんたたちは襖一枚隔てた隣に盗人がいるかもしれない部屋で、体を掻きながら寝る羽目に……」

そこまで喋ってから、不意にお紺は笑みを消し、男の子たちを睨みつけた。

「……ちょっと、いつの間にかいるのが当たり前のようになっているけど、そもそもどうしてあんたたちがこんな所にいるのよっ」

お紺の怒鳴り声が夕暮れ時の宿場町に響き渡った。今宵の宿を探している遊山客、先を急ごうとしている行商人、その連中を引き留めて泊まらせようとしている平旅籠の客引きや飯盛旅籠の女たち、それに馬子、駕籠かきなど、とにかく通りにいたあらゆる人たちが一瞬動きを止め、一斉にお紺を見た。みな何事かと、一様に驚いた顔をしていた。

「……詳しい話は後でするからさ、とりあえず中で休ませてよ」

忠次が落ち着いた声で告げた。男の子たちは動じていない。周りの人々からじろじろ見られていることも気にしていない。もっと人通りの多い江戸の町中で何度も同じような目に遭っているからだろう。幽霊だけでなくこのお紺から受ける仕打ちも、実は子供たちの心身を鍛えるのに一役買っているのかもしれない。

「お紺ちゃんたちは朝早くに出立して、ここまでのんびり来たんだろうけど、おいらたちは今日になってから江戸を離れることが決まったんだ。急いで旅支度をして、ようやく長屋を出た時にはお天道様が随分と高くなっていた。しかもお紺ちゃんたちに追いつかなきゃならないから、まったく休みを入れずに歩き続けたんだ」

「だから、どうしてそんなことになったのか、それを教えろと言ってるんでしょうがっ」

お紺の声が再び響いた。二度目だったせいか、通りにいた人々には、さほど気にする様子は見られなかった。しかし旅籠屋の二階の端の障子窓が開き、少しむっとした表情をした吉兵衛が顔を覗かせた。

このまま騒いでいたら街道筋に男の子と一緒に並んで正座をさせられ、吉兵衛から説教を食らってしまう。お紺は取り繕うように吉兵衛へと笑顔を向けた。

しばらくお紺を睨んでから吉兵衛はすっと目を外し、男の子たちを指さしながら後ろを向いて何か言った。吉兵衛の後ろから旅籠屋の主の顔が覗く。主は吉兵衛の言葉に頷きながら、時々下を向いて手を動かしている。宿帳をつけているようだ。

やがて主の顔が消え、吉兵衛がこちらへ向き直った。

「儂らの部屋はここだからな。丸亀屋の彦作さん、巴屋の芳蔵さんと一緒だ。儂は疲れたから、少し休ませてもらう。お前たち、あまり騒がないように」

言い終わるとすぐに吉兵衛は障子を閉じた。お前たちはうるさいので、しばらくは入ってくるなと言っているように感じられた。お紺にとっては好都合だ。

「大家さんもああおっしゃっていることだから、静かに、そしてじっくりと何が起こったのか聞かせてもらいましょうか。でも、こんな所で立ち話をしていると邪魔だから……」

お紺は男の子たちにそう告げると、辺りをきょろきょろと見回した。旅籠屋の脇に細い道がある。裏手に広がっている田んぼの真ん中を通り、さらにその先の山へと続いている野道のようだ。お紺は、ふん、と頷いて、その道へと顎をしゃくった。

二

「……はあ、それはすごい話だわ。つまりあんたたちは、下手に江戸に残っていると四、五日で死んじゃうわけね」

男の子たちから話を聞いたお紺は、眉根に皺を寄せ、首を振りながら溜息を吐いた。忠次、新七、留吉、それに銀太の四人は、今年に入ってから何度も怖い目に遭っているが、ここまで深刻な話になったのは初めてだ。これは洒落にならない。とてもではないが楽しめない、とお紺は思った。

「そうなんだよね。それで、とにかく急いで江戸を離れなきゃならなくなったんだ」

忠次が田んぼやその向こうの山を眺めながら言った。

五人がいるのは今晩泊まることになっている旅籠屋のすぐ裏側にある空き地だ。ちょっとした木立があり、足下は倒れた枯れ草が地面を覆っている。田んぼとの境目に粗末な竹垣があるので、恐らくここも旅籠屋の土地なのだろう。裏庭なのかもしれないが、それにしては手入れがしっかりなされていないようだ。

「で、どうしようかと弥之助親分や大家さんが頭を捻って……ああそうだ、ちょうどお紺ちゃんたちが江ノ島見物に行ったところじゃないかとなったんだよ」

留吉が言った。こちらは忠次とは反対の、旅籠屋の方に目を向けている。数本立っている木々のすぐ向こうに渡り廊下が見えていた。

「それで慌てて旅支度をして、その間に弥之助親分が巴屋さんまで走って……支度が整った時には日が高くなっていたから、とにかく早足でお紺ちゃんたちを追いかけて……で、ようやく追いついて休めると思ったら、こうして立ち話をさせられているわけで……」

新七が周りの地面を見回しながら言った。疲れているので腰を下ろしたそうだが、地面が少し濡れているので立っているようだ。

江戸からここまでの道中はずっと天気が良く、風もない穏やかな日和だった。道もぬかるんではいなかった。しかしお紺たちが着く前に、この程ヶ谷の辺りには軽く雨が降ったらしい。もちろん稀代の晴れ女お紺がいる今は、空は晴れ渡っている。さすがに夕方なので冷え込んでは来たが、風は吹いていない。

「なるほど、話はよく分かったわ。あんたたちも大変だと思うけど……しかし分からないのは、そのあんたたちが呑気な顔をしていることよ。命にかかわることなのよ。こういう時は、もう少し暗い顔になるものじゃないの」

「そんな顔をしていても仕方ないから」

忠次がにっこりと笑った。留吉と新七が頷く。

「おいらたちが江戸を出ている間、お師匠さんと弥之助親分が旗本屋敷のお化けをどうにかすることになっているんだ。おいらたちにできることは何もない。それなら、せっかくだから旅を楽しもうということになって……」

「もしお化けがどうにもならなかったらどうするのよ」

「その時は諦めて、江戸を離れたどこかで働き口を見つけるよ。どうせ近いうちに溝猫長屋を離れて商家へ奉公に出るなり、職人の修業を始めるなりしなけりゃならなかったんだ。いきなりだから父ちゃんや母ちゃんはびっくりするだろうけど、ここと か、途中の川崎とか神奈川の宿場町辺りで仕事が見つかれば、近いからすぐに会いに来られる」

「あんたたち……」

馬鹿なんじゃないかと思うくらい能天気だ。こんな時にこうまで前向きでいられるなんて、呆れるのを通り越して感心してしまう。

「まあ、確かに悩んでいても仕方ないでしょうけどね……」

お紺たち一行は、今夜この程ヶ谷宿で一泊し、明日は江ノ島を見物して鎌倉に泊まる。明後日は東海道に戻って川崎で宿を取り、その翌日に川崎大師をお参りしてから江戸に戻るという、三泊四日の旅をすることになっている。日数がちょうどいいから、旅慣れていない吉兵衛が子供たちを引き連れて江戸を離れるのに、お紺たちと一緒になろうと考えたのは分かる。また、ここまで忠次たちが気楽なのは、弥之助や蓮十郎に対する信頼もあるのだろう。それも分かる。しかし……。

「納得いかないのは、死ぬ心配がなさそうな銀太ちゃんが、一人だけ暗い顔をしていることよ。ここまでまったく喋っていないし。あんたは旗本屋敷で何も感じなかったでしょうが」

「だからだよ」

銀太が沈んだ声で言った。この少年は着物の尻が濡れるのも構わずに、漬物石ほどの石の上に腰を下ろしていた。そんなものあったかしらと思いながらお紺が銀太の横を見ると、同じくらいの大きさの穴が地面にぽっかり開いていた。わざわざ掘り出したようだ。

「やっぱり今回も、おいらだけ仲間外れにされているんだよ。この四人はさ、生まれた時からずっと一緒にあの溝猫長屋で育ってきたんだ。それなのに、また一人だけ除(の)け者(もの)だなんて酷(ひど)いじゃないか」

「他の三人と同じように死ぬかもしれないという目に陥(おち)いりたいなら、今ここであたしが首を絞めてあげましょうか」

「いや、そういうことじゃなくて……」

「あのねえ、銀太ちゃん。三人はこんな時でも明るく前向きに、この旅を楽しもうとしているのよ。それなのに、あんたがそんな調子でどうするのよ」

「そうかもしれないけどさ……」

銀太は拗ねたように口を尖らせた。

「まったく、まだまだ子供ね……それはそうと、今の話で思い出したけど、お多恵ちゃんの祠の方はどうなっているのよ。あんたたちも、それに大家さんも長屋を離れちゃったけど。その間は誰もお参りしないのかしら」

「ああ、それなら心配いらないよ」忠次が答えた。「弥之助親分が代わりを務めることになってるから。水を替えて手を合わせるだけだけどね」

「ふうん。それで、江戸を離れたあんたたちは幽霊に遭わなくなるのかしら。それとも、また順番に見たり聞いたり、嗅いだりするのかしらね」

忠次、新七、留吉の三人は顔を見合わせた。それについてはまったく考えていなかったようだ。

「……どうなのかな」新七が首を傾げながら言った。「俺たちより前にお参りしていた人たちは、長屋を離れて働きに出たら何も起こらなくなったみたいだけど」

「でも、あんたたちはまだ長屋から出るって決まったわけじゃないでしょう。まだ分からないわ。昨日、旗本屋敷で幽霊を感じたことで、また始まったのは確かだし」

「そう言うと幽霊に遭うことになりそうだけど、旅をしている間は平気なんじゃないかな。祠にお参りできていないし、それに江戸から遠く離れている。お多恵ちゃんの力もここまでは通じないよ」

「そうかもしれないし、違うかもしれない。そして、それは多分、今夜分かるわ」

お紺は旅籠屋の方へと顔を向けた。

「……ちょっとお紺ちゃん、怖いこと言わないでよ」留吉が顔を強張らせた。「まさかあの宿に、幽霊が出るとか言い出すんじゃないだろうね」

「旗本屋敷の件が深刻だから黙っていようと思ったんだけど、あんたたちがいつもと変わらずに明るい様子だから、それに倣ってこちらも、いつものあたしに戻ることにしたわ」

お紺は口の端を上げて、ふふん、と笑った。意地の悪そうな笑い方だった。

「実はね、あの旅籠屋にはお化けが出るっていう噂があるのよ。磯六さんが言っていたことなんだけどね」

磯六とは、お紺の家である質屋、菊田屋の常連客だ。この人は子供に怖い話を聞かせるのが好きなおじさんで、それゆえにお紺とも気が合うらしい。

「ちょっとお紺ちゃん、いくらあの磯六さんでも、こんな場所の怪談を知っているわけが……」

「留吉ちゃん、それは甘いわよ。磯六さんは会う人みんなに『なんか怖い話ありませんか』って訊いている変わり者なんだから。そうすると、旅先で怪しいものを見たことがあるっていう話にもよく当たるそうよ。夜、旅籠屋で寝ていたら、ふと目が覚めて……みたいな。あそこもそうしたうちの一軒なんだけど……」

「本当にやめてよ、お紺ちゃん。もしこれまでと同じ順番通りなら、次は忠ちゃんが妙な臭いを嗅いで、新ちゃんが怪しい音や声を聞いて、そしておいらが……」

「そう。留吉ちゃんが見る番になるわね。でも、さっき言ったように違うかもしれない。江戸から離れているから何も起こらない、ということも考えられる。あるいは、そのためにお多恵ちゃんの祠の力がうまく通じなくて……」

そこまで話して、お紺は銀太の方を見た。初めのうちは銀太もぽかんとした顔をしていたが、やがて、ぽん、と手を打った。

「そっか、お多恵ちゃんの手元が狂って、うっかりおいらが見たり聞いたり、嗅いだりしちゃうこともあり得るんだ」

銀太は勢いよく立ち上がり、座っていた石を足で蹴飛ばして元の穴の中へ戻した。

「すぐに宿の造りを調べなくちゃ。出てくるのは夜だとしても、勝手が分からないと動きづらいから」

忠次、新七、留吉の三人を押すようにしながら、銀太は旅籠屋へと歩いていった。

四人の男の子の背中を見送りながら、お紺は満足げに頷いた。とにかく銀太がいつもの調子に戻ったのはよかった。あれこれと悩むのは、蓮十郎や弥之助たちの、旗本屋敷での結果が分かってからでいい。

もっとも、あの旅籠屋に幽霊が出たとしても、見たり聞いたり嗅いだりするのはいつも通りの順番で、恐らく銀太はまた仲間外れになることだろう。そうなると明日になったらまた銀太は拗ねるかもしれない。

だが、それを心配する必要はない。なぜなら明日以降訪れる場所にも、磯六から聞いている幽霊話があるからだ。

――ただの物見遊山の旅でも十分だけど……。

今回の旅はそれ以上に色々と楽しめそうね、とお紺はにやりと笑った。

三

夜中、忠次は部屋の中から聞こえてくる声で目を覚ました。

初めは父親の寝言だと思った。うるさいなあと顔をしかめながら寝返りを打ち、再び目を閉じる。しかしよくよく聞いているうちに、それが大家の吉兵衛の声だと気づき、はっと目を開けた。旅籠屋の二階の部屋で寝ていたんだと思い出しながら聞き耳を立てる。

「銀太、起きなさい。厠へ行くんだよ」

吉兵衛は銀太の体を揺すりながら声をかけている。どうやら小便に連れていくために起こそうとしているようだ。ここへ来るまでの道中、吉兵衛は護摩の灰や枕探しなどの輩を気にしていたが、それ以上に心配していたのは、銀太の寝小便のことだった。

――銀ちゃん、結局寝ちゃったみたいだな。

お化けが出るかもしれないから今夜はずっと起きてるぞ、などと言っていたのだが。

もちろん旅の疲れがあるのだから仕方がない。忠次だって、夜具にくるまったらすぐに眠りに落ちてしまっていた。

「銀太、ほら、目を覚ますんだよ」

なかなか起きないようで、少しずつ吉兵衛の声が大きくなっていく。それでもまだ遠慮がちなのは、同じ部屋に寝ている忠次や新七、留吉、それに彦作と芳蔵を起こさないように気を遣っているからだろう。

——だけどそんな起こし方じゃ、銀ちゃんは目覚めないよな。

それは吉兵衛も承知しているはず。さあどうするだろうかと思っていると、ぺちん、という音が聞こえてきた。吉兵衛が銀太の頬(ほお)か額を叩(たた)いたらしい。

忠次は二人の方へと目を向けた。暗闇(くらやみ)の中でもう一発、銀太を叩こうとする吉兵衛の手の動きが見えた。

「ううん……」

銀太が唸(うな)り声を上げた。すぐに吉兵衛が、銀太の背中に手を回して抱き起こした。

「ほら、小便に行くよ。芳蔵さんを踏まないようにな」

銀太がゆらゆらと立ち上がった。まだ半分寝ているようだ。その銀太の手を取って、吉兵衛が静かに襖を開けた。

部屋の中にかすかな光が入ってきた。襖の向こう側は八畳ほどの広さの板敷きの場所になっており、その真ん中に梯子段(はしごだん)がある。そして、その板敷きの場所を囲むようにして客を泊める部屋が幾つかある、というのがこの旅籠の二階の造りだ。

梯子段の向こう側に窓があり、その障子を通して外の月明かりが入っている。部屋の中を照らしたのはその光だ。冬なのでこちらの部屋の雨戸は閉めたのだが、そこは開けたままになっていたようだ。宿の者が忘れただけかもしれないが、多分、明かり取りのためにそのままにしているのだろう。

吉兵衛と銀太が部屋から出た。襖が閉じられたので、また部屋の中が暗闇に包まれた。しばらくすると、梯子段をゆっくりと下りていく二人の足音が忠次の耳に届いた。

「……小便に行ったみたいだね」

暗闇の中から囁き声が聞こえた。

「なんだ、留ちゃんも起きてたのかい」

「うん……銀ちゃんと大家さん、梯子段から落ちなけりゃいいけど」

「下の廊下には行灯が置かれていたから平気だよ」

「そうだったね……ところで、忠ちゃんに聞こえているのは、二人の足音だけかい？」

忠次は耳を澄ました。吉兵衛と銀太は一階に着いたようだ。下の廊下を厠の方へと遠ざかっていく軋み音がかろうじて聞こえる。それだけだった。やがてその音も聞こえなくなり、忠次の耳には何も入ってこなくなった。

「……もちろんだよ。まさか留ちゃんの耳には別の何かが……いや、それはおかしい」

お紺はあんなことを言っていたが、今回もやはりいつも通りの順番で自分たちは幽霊に出遭うだろう、と忠次は考えていた。そうなると次は、自分は嫌な臭いを嗅ぐ番である。新七が怪しい物音や声を聞き、留吉は幽霊を見る番になるはずだ。

「うん、おいらもおかしいと思うんだけど、さっきからずっと聞こえているんだよね。どこからかは分からないけど……女のすすり泣きが」

「やっぱりそうか」

暗闇の中で新七が体を起こした。こちらも目を覚ましていたようだ。

「留ちゃんの言う声は、俺にはまったく聞こえない。でも変な臭いは嗅いでいるんだよね。妙に生臭いというか……。だけど俺は、今度は聞く順番のはずだと思っていたから何も言わなかったんだ」

「ちょっと待ってよ、二人とも」

忠次も体を起こし、部屋の中をきょろきょろと見回した。怪しいものは目に入ってこなかったので少しほっとする。

次に、改めて耳を澄ましてみた。留吉の言うような声はまったく聞こえてこなかった。鼻も動かしてみる。新七が感じている生臭さなど、少しも感じられなかった。

「……留ちゃんは昨日、旗本屋敷のそばで悲鳴を聞いたじゃないか。新ちゃんはひんやりとした冬の香りを嗅いだ。つまり、死神の臭いだね。そしておいらは黒い雲の中からこちらを睨みつけている目を見た。だから、次は順番が変わって……」

「お紺ちゃんは、お多恵ちゃんの祠の力がうまく通じなくなるかもしれないって言っていたよね。順番がこれまで通りにならずに、銀ちゃんも感じるようになるかもっていう意味で言ったんだと思うけど、そうではなくて、昨日の順番のままで定まってしまったんじゃないかな。江戸を離れたから」

「つまり、江戸に帰るまでは、ずっとおいらが幽霊を見続けるってこと？」

「忠ちゃんには気の毒だけど……」

「そんな馬鹿な……」

ふっとめまいを感じ、忠次は布団の上にばたりと体を倒した。

「……まだ気を落とすのは早いよ」留吉が言った。「おいらが聞いているこの声は、どこか遠くで本当に女の人が泣いているのかもしれない。新ちゃんが嗅いでいる生臭さも、実はそういう臭いが実際に漂っているのかも」

「留ちゃん、慰めてくれているのは分かるけどさ、他の者にはまったく感じられないんだから、それは無理があるよ。新ちゃんの言うことが当たっていると思う」

「いや、銀ちゃんが見るということもまったくないわけじゃないし……」

「ああ、そうか」

　忠次は再びむっくりと体を起こした。祠の力がうまく通じなくなって順番がこれまでとは変わってしまった、という考えもまだ捨てきれないのだ。たまたま新七と留吉が昨日と同じ感じ方をしただけで、見る順番は銀太に行くということもあり得る。

「……それを確かめるには、声のする場所を見るしかないな。忠ちゃんがさ」

「新ちゃん……恐ろしいことを」

「もし『見る』のが銀ちゃんだったとしたら、忠ちゃんには見えないんだから別に構わないだろう。そして、もし昨日と同じままで忠ちゃんが今回も『見る』ことになるんだったら、逃げようとしても無駄なんだよね」

　以前、留吉に見る順番が当たった時、幽霊に遭わないように長屋に籠もっていたことがあった。すると留吉は突然気を失い、夢の中で幽霊の姿を「見せられた」のである。

　だから、避けることはできない。見る時は否が応でも見る。そういう決まりなのだ。

「うん……見に行くしかないな」

忠次は新七の考えにあっさり同意した。この春にお多恵ちゃんの祠へお参りするようになって以来、何度も幽霊に出遭ってきたが、だからと言って慣れたわけではない。これは慣れではなくて諦めである。

「留ちゃん、声はどっちの方から聞こえているの？」

「ううん、ちょっと待って」

留吉も体を起こした。それから、よく聞こえるようにと両耳の後ろに広げた両手を添える。そうしてしばらく体の向きを変えながら声のする場所を探っていたが、やがて動きを止めた。

「うん、あっちだね」

片手を上げて指し示す。先ほど吉兵衛と銀太が出ていった襖の方だった。

「すすり泣きが聞こえるのは表からだ。障子窓があったけど、それを開けて外を覗けば、きっと見えるんじゃないかな」

「よしっ」

彦作と芳蔵を起こさないように小さく、しかし気合の入った声を出して新七が立ち上がった。続いて留吉が、片方の耳にまだ手を当てたままでそっと立ち上がる。最後に忠次が、ああ嫌だなあ、と顔をしかめながらのろのろと立った。

新七が襖を開けた。梯子段の周りに設(しつら)えられた木の柵(さく)がよく見える。障子窓越しの月明かりしかないが、今まで暗い部屋の中にいたので、かなり闇に目が慣れたらしい。この分だとあの窓から覗く外は、はっきりと見えることだろう。迷惑な話だ……と思いながら忠次は敷居(しきい)を跨(また)いで部屋を出た。

三人で窓のそばに立つ。耳を欹(そばだ)てていた留吉が、間違いない、と頷いた。

「ここを開けると、お紺ちゃんたちが泊まっている別棟の建物へ続く渡り廊下が見えたよね。多分、すすり泣きはその辺りから聞こえていると思う」

新七が障子に手を伸ばしながら忠次の方を向いた。

「どうしようか。やはりここは思い切って、一気に開けようか」

「いや、それはやめた方が……」

これまでにも何回か、そう思って襖などを勢いよく開けたら、いきなり目の前に幽霊が立っていた、ということがあった。さすがにそれは避けたい。

「おいらが自分で開けるからさ、新ちゃんは下がってくれないかな」

忠次が頼むと、新七は頷いて場所を譲ってくれた。忠次は窓の前に立って障子の桟(さん)に手をかけた。開ける前に、一つ大きく息を吐(は)き出した。それからゆっくりと、三寸ほどの幅だけ障子を動かした。

冷たい風が入ってくる。自分の吐く息が白かった。さすがに夜ともなると表はかなり寒い。

窓に顔を近づけて表を覗いた。稲を刈り終えた後の広々とした田んぼと、その向こうにある黒々とした山の影が目に入る。思った通り、月明かりではっきりと外が見えた。

渡り廊下の方へと目を動かす。ちょうど斜め上から見下ろすような形になったが、その渡り廊下の途中に、明らかに女が一人、佇(たたず)んでいるのが分かった。

女は忠次たちのいる母屋の方でなく、お紺たちが寝ている別棟の方を向いている。そのため、顔はよく見えなかった。斜め後ろから眺めているので、横顔が少し見えるだけだ。

ただ、それでもお紺でないことは分かった。お紺と一緒に来ている女連中とは旅籠屋に入ってから顔を合わせているが、それとも違う気がする。それに……。

「……あの女の人、息をしていない」

忠次は呟いた。忠次には声は聞こえないが、渡り廊下の女は嗚咽(おえつ)を漏らしているような様子がある。だが、その口元からは白い息が出ていなかった。

忠次の呟きを聞いた新七が、どれどれ、と言って窓から表を覗いた。

「……忠ちゃん、気の毒だけど、俺には見えないや」

「そうか。白い息は見えないけど、それでももしかしたら宿で働いている人かもしれないと、ちょっと思っていたんだよね。でもこれではっきりした。あの女の人は幽……ううっ」

女がおもむろに振り向いた。忠次は慌てて顔を引っ込めたが、その女の「片目」と目が合ってしまった。

「……うん、間違いなく幽霊だ。こっちを向いたら、顔が半分なかった」

恐ろしいものを見てしまった。少し離れていたから良かったものの、もしあんな女を近くで目の当たりにしたら、きっと気を失う。

「あれ？」

外は覗かず、ただ耳を欹て続けていた留吉が、突如素っ頓狂（すっとんきょう）な声を出した。

「すすり泣きの声の場所が動いているんだけど」

「ええ？」

「こっちの方……つまり、母屋に向かって歩いているんだと思う。あ、声が表からじゃなく、梯子段の方から聞こえるようになった。多分、この母屋の建物に入ったんだ」

「ここへ来る気なんだっ」

忠次は慌てて部屋へと引き返した。夜具を頭まで被り、きつく目を閉じる。新七と留吉も部屋に戻ってきて、両脇の夜具に潜り込む気配がした。

「あっ、梯子段を上ってくる」

留吉が小さく叫んだ。

その音は忠次の耳にも届いていた。ぎっ、ぎっ、と踏板を軋ませながら、徐々にこちらへ近づいてくる。

目を合わせたのはまずかった。女の姿が見えていることを悟らせてしまった。女はきっとここへ来る。何をするつもりなのかは分からないけど、間違いなくおいらの元へとやってくる。

忠次は震え上がった。横で留吉が「来る、来る」と言い続けているのも恐ろしさを強める役に立った。怖い。

足音が、とうとう梯子段を上りきってしまった。留吉はもう何も言わなくなった。夜具の中でじっと息を潜めている気配だけが伝わってくる。

いよいよこの部屋へ、あの女が入ってくるのだろうか。先ほど見た、顔が半分欠けた女の様子を思い出し、忠次はぶるぶると身震いした。

と、足音が再び梯子段を下りる音が聞こえてきた。忠次が耳を澄ますと、ゆっくりと足音は下りていき、やがて下に着いた。それから渡り廊下の方向へと進んでいく気配がした。

どうやら戻っていったらしい。忠次はほっと安堵の溜息を吐いた。ところが、安心したのも束の間のことだった。また足音が近づいてきて、梯子段を上り始めた。

しかも今度は、人数が多かった。確実に一人ではない。二人でもない気がする。少なくとも三人はいる。

二人分の足音は分かる。小便から戻ってきた吉兵衛と銀太だろう。その彼らと一緒に、何者かがついてきている。

先頭の足音が梯子段を上りきり、忠次たちが寝ている部屋の方へと近づいてきた。襖のすぐ向こう側で止まる。

二人目の足音も梯子段の上まで来た。同じように襖の方へやってくる。その後ろから、三人目の足音が近づいてきた。

あの女に違いない。どんな理由があるか分からないが、きっとあの女は自分で襖を開けることができないのだ。だから吉兵衛と銀太についてきた。その二人には女の姿は見えていない。そんなものがいるとは知らずに襖を開けて、女を招き入れてしまう。それはまずい。やめさせなければいけない。襖を開けては……。

忠次は慌てて体を起こした。同じことを考えていたらしく、新七と留吉も起き上がった。

三人そろって、襖へ向かって「開けないでっ」と叫んだ。しかしわずかに遅かった。ほぼ同時に、すっと襖が開けられてしまった。

「ああ……」

吉兵衛の姿が見えた。半分眠っているのか、顔を俯かせて立っている銀太と手をつないでいる。その二人の後ろにもう一人の人物が、障子窓からの光を背に、黒い影となって立っていた。

「お前たちっ、他に寝ている人がいるのに大声を出すんじゃないっ」

小さく、しかし鋭い声で吉兵衛が子供たちを叱った。

「彦作さんと芳蔵さんだけじゃない。他の部屋の客まで起きてしまうじゃないか。いいか、お前たち。旅先で宿に泊まる時は、周りに迷惑をかけないよう気をつけてだね……」

「ごめんなさい。説教なら朝になってから聞きますから、今はそれより、後ろの……」

忠次が震える手で指さすと、吉兵衛がのろのろと背後を振り返った。

「うん、ああ、いや、申しわけありませんでしたな。わざわざついてきてくださって。もう平気ですから、どうぞご亭主も休んでいただいて……」

「さようでございますか」

吉兵衛の背後にいる人物が返事をした。この旅籠屋の主だった。あの渡り廊下で見た女の幽霊の姿は、そこになかった。

四

「……梯子段を上って部屋に入ろうとしたら、ついてきているはずの銀太がいないことに気づいたんだよ。それで、どうしたんだろうと思っていったん下に戻ってみたら、寝ぼけた銀太が梯子段の前を通り過ぎて、渡り廊下の方まで行ってしまっていた。そのすぐ脇にここの宿の人たちが寝ている部屋があってね。銀太の気配でご亭主が起き出してしまった。それで、部屋まで一緒についてきてくれたんだよ。そうして襖を開けたら、夜中だというのにお前たちが大声を出して……」

朝飯を終えた後の、旅籠屋の部屋の中である。同じ部屋で寝ていた彦作はすでに出立の支度を済ませており、宿の前の通りをうろうろしている。芳蔵は女連中の荷物を運ぶために別棟に向かったが、女というものは支度が遅いらしく、渡り廊下でおろおろしている。そして忠次と新七、留吉、銀太の四人は、部屋の隅に座って、吉兵衛の説教を聞いているところだ。

銀太については叱られる理由はないのだが、付き合いである。

「まあ、中にはもっと大騒ぎする子供さんもいらっしゃいますから……」

部屋にはこの旅籠屋の主もいる。

「この子たちは静かな方でございますよ。ですから、そうお叱りにならずに……」

「いや、この子たちはこれから世の中に出ていかなければならない。例えばどこかの商家に奉公に行ったら、そこの店主やおかみさん、それに他の奉公人といった、多くの他人の中で暮らさなければならなくなる。そこでは決して自分勝手は許されない。常に他の者のことを考えて動く必要が出てくる。一緒に働いている仲間に迷惑をかけている人間が、お客に対して気遣いができるわけがありませんからな。それに、周りの者も苛々が募っていきますから、そういう人間がいる店は、商売の方もうまくいかなくなりますよ。今回の件は、そういうところにつながっている。宿には見知らぬ他人も泊まっている。そんな場所で騒ぐのは、他の者への心遣い、思いやりが欠けているということになるのです。これではいけない。それでは世間に出た時、この子たちが困ることになる。世の中というのは持ちつ持たれつですからな。他人に迷惑ばかりかけていると、巡り巡って最後にはこの子たちの元へ返ってくる。だから儂は叱っているのです。いいかね、お前たち。よく聞くんだ。他者への思いやりの心は一朝一夕に身につくものではないのだよ。家から一歩出たら、そこは大勢の他人が暮らしている場所なんだということを常に頭に入れて……」

宿の主が困ったような表情で首を竦めた。自分が営んでいる宿の部屋で、年寄りが子供たちを並べて、説教を始めてしまったのだ。頼むから他所でやってくれ、という思いだろう。

間違いなく迷惑している。大家さん、思いやりの心が欠けているんじゃないの、と忠次は思ったが、さすがに口には出せなかった。横目で他の子たちを見ると、同じように思っているらしく、目が合うと軽く首を振った。しかしやはり何も言わなかった。下手なことを言うと火に油を注ぐことになるからだ。

「……大家さん、ご主人が困ってらっしゃるじゃない。気遣いが足りないわ」

はっきりと口に出す者がいた。のろのろとしている女たちの中で、ただ一人だけさっさと支度を済ませてこの部屋に顔を出していた、お紺だった。

「説教ならこれから江ノ島に向かう道々ですればいいでしょう。溜め込んでおいて、溝猫長屋へ戻ってから一気に吐き出してもいいし」

「いやいや、悪さをした時はなるべくすぐに叱らないといけない。そうじゃないと何を怒られているのか分からないということがあるからね」

「犬じゃないんだから平気よ。それより、ここにいるうちに、宿のご主人に訊いておきたいことがあるの。大家さんはちょっと黙っていてね」

お紺は旅籠屋の主の方へ顔を向けた。

「ある人から、ここの宿にお化けが出るっていう話を聞いたんだけど、ご主人は見たことがあるのかしら」

「は、はあ……いや、そんなことは決して」

「ここの評判にかかわることだから、言いたくないという気持ちは分かるわ。だけどね、うまくやればもう出てこないようにすることができるかもしれないの」

「そ、それは……本当に？」

お紺は大きく頷いた。

「あたしが聞いた話をするわね。まず渡り廊下の方からすすり泣きが聞こえて、それがだんだんと近づいてくる。息を潜めていると、襖が開いて顔が半分潰れた女の人が部屋に入ってくる。そして、すすり泣きを漏らしながら布団の周りをぐるぐる回る……ということなんだけど、どうかしら」

「はあ、その通りでして。ただ、私は見たことがないし、ここに泊まるお客も、みんながみんな幽霊に遭うというわけでもなくて……」

「そう。むしろ見ない人の方が多いでしょうね。その手のものに鋭い人や、反対に鈍い人がいるということになるのでしょうけど、その他にも何か、見る人と見ない人の間に違いがあるんじゃないかとあたしは考えているの。そこであんたたちに訊ねるけど……」

お紺は、今度は男の子たちの方へ顔を向けた。

「当然あんたたちなら、昨晩お化けに出遭っていると思うんだけど」

「もちろんだよ」忠次は頷いた。「新ちゃんが生臭さを感じて、留ちゃんが女のすすり泣きの声を聞いたんだ。それで、おいらが向こうの窓から渡り廊下の方を見ると、お紺ちゃんが言った通りの女が立っていた。眺めていたらその女が急に振り向いて、おいらと目が合った。そうしたら、こっちへやってくるものだから、慌てて布団に潜り込んだんだ。だけど、その後の話はお紺ちゃんのと違うよ。開いた襖の向こうに立っていたのは、厠から戻ってきた大家さんと銀ちゃん、それに宿のご主人だった。後から考えると、見えるだけのはずのおいらに足音が聞こえたのは変なんだけどさ。その時は怖くて気づかなかったよ」

「ああ、忠ちゃんもか」新七が口を開いた。「俺もさ、足音が梯子段を上ってくるのを聞いて、震え上がっちゃったんだよね。おいらは臭いだけのはずなのに。一生の不覚だ」

「ふうん。磯六さんの話では、女は部屋に入ってくるはずなのに、昨夜は来なかったのね。そのわけを考えれば、もしかしたらあのお化けが現れないようにできるかもしれないわ。それには、これまでお化けを見てしまった人と、あんたたちとの違いを考えることよ。あたしは、途中で宿のご主人か大家さんのどちらかに遭ってしまったからだと思うの。あるいは両方かもしれないわね。つまり、そのすすり泣き女は、きっと説教好きな宿の主が苦手なのよ」

「お紺ちゃん……それは無理があるよ」

真面目(まじめ)に聞いて損をした、と忠次は呆れ顔になった。忠次だけではない。他の子供も吉兵衛も、そして宿の主までも同じような顔をしている。お紺の話の通りなら、この旅籠に泊まっても幽霊を見なかった人は、みな説教好きな宿の主ということになってしまう。そんな馬鹿なことはない。

「そうかしら。うまい考えだと思ったんだけどね」

「うん、幽霊を見てしまった人とそうじゃない人との違いを考えたのはいいと思うけど」

新七がそう言って腕を組んだ。四人の男の子の中では、この新七が最も頭の出来が良い。もしかしたら何か思いつくのではないかと、忠次たちは新七の顔を見守った。

「……お多恵ちゃんの祠の力を得ている俺たちをその『幽霊を見てしまった人』に入れていいかは分からないけど、とりあえずそうして、ここへ来てから何か変わったことをしなかったかどうか考えてみよう。宿の中を調べようとしたら大家さんにうろうろするなと叱られて、あまり歩けなかった。だからその前だと思うけど……お紺ちゃんに連れられて渡り廊下の向こう側にある空き地へ行ったな。女の幽霊がまず渡り廊下に出ることを考えても、そこは怪しそうだ。でも、何か変わったことをしたかと言うと……何もないよな。立ち話をしただけだ。ああ、銀ちゃんだけは座っていたっけ。漬物石くらいの石をわざわざ掘り起こして」

そこまで新七が話した時、旅籠屋の主が「ああっ」と大きな声を出した。

「どうやらその漬物石に心当たりがあるようだね」

新七が勝ち誇ったような笑顔をお紺に向けた。お紺は、ちっ、と舌打ちをした。

「うむ、心当たりがある」宿の主が頷く。「その石にも……それに説教好きな宿の主にも」

「はあ？」

新七が間抜けな声を上げる横で、ふふん、とお紺が嬉しそうに鼻を鳴らした。

「ほら見なさい。あたしだってちゃんと正しい答えにたどり着いているんだから。それで、いったいどういうことなのでしょうか？」

「ふむ。実はこの旅籠は、私までに持ち主が何度も替わっていてね。最初にここを作った人というのが、説教好きというか、とにかく奉公人に厳しい人だったらしい。で、ある時ちょっとしたことで叱られた女中が、それを苦にして裏にあった井戸に身を投げたそうなんだ。古い井戸で、その頃にはすでに枯れてしまっていたようだが、そこへ頭から飛び込んだんだよ。水がほとんどなかったから、その女中は井戸の底に頭を打ってしまい……」

「顔が半分潰れてしまったのね。間違いないわ。渡り廊下に現れる女の人は、その女中さんよ」

「その後、井戸は埋められたんだが、目印として漬物石くらいの大きさの石が置かれた。女中を死に追いやってしまった主は毎朝毎晩、その石に手を合わせていたらしい。ただ、その人は当時すでにだいぶ年がいっていてね。それからしばらくして、別の人に旅籠を売ったんだ。この人は裏の土地を遊ばせておくのはもったいないと考えたらしくて、土を入れて木を植え、眺めのいい庭を造ろうとしたんだ。ところが、なぜか途中でほったらかしにして、この旅籠を売り払ってしまった」

「手を合わせなくなったから、女中さんのお化けが現れたのかもしれないわね。死んだ場所を踏み荒らされたこともあるでしょうし」

「その後、この旅籠は何度か持ち主が替わった。みな早々に売り払うんだよ。そうして、今はこの私が主をやっているというわけなんだ。私は土地の人から昔そういうことがあったと聞いていたから、井戸の場所を探そうとした。しかし昔のことだし、後で土を盛っていたから分からなかった。だから諦めて、とりあえず人が入れないように竹で柵を作ったんだ。しかし、ここに泊まったお客の中にはぶらぶらと入り込んでしまう人がいて……」

「なるほど、そういう人が女の幽霊を見てしまうのだな」

吉兵衛がそう言って、じろりと男の子たちを睨んだ。

「昨日もそういう愚か者がここに泊まったというわけだ。まったくお前たちと来たら、空き家とか空き地を見たらすぐに入り込む。そういうことをしたらいかんと、これまで何度も言ってきただろうが。この間も……」

再び吉兵衛の説教が始まりそうな雰囲気だったが、「まあまあ大家さん」とお紺が慌てて止めた。幽霊の話を続けたいから、ということもあるだろうが、それよりも、裏の空き地に男の子たちを誘ったのが自分なので、このままだと説教のとばっちりを食らうかもしれないと考えたからに違いない。

お紺は旅籠屋の主に顔を向けて告げた。

「昨日、銀太ちゃんが座っていたのが目印の石みたいね。入り込んだ人たちが踏み荒らしたり、雨が降ったりして盛った土が低くなり、埋まっていた石が顔を出したのかも。とにかく井戸があった場所が見つかったのだから、すぐにちゃんとした方がいいわ。さっきも言ったけど、うまくやればお化けが出なくなるようにできるかもしれない」

旅籠屋の主は大きく頷くと立ち上がり、そそくさと部屋を出ていった。裏の空き地を見に行ったようだ。

「これで、この宿に出る幽霊の件は終わりね」お紺はにんまりと笑った。「後のことはあのご主人に任せるしかないでしょう。そろそろ巴屋の人たちやお千加ちゃんの支度も整った頃でしょうし、あたしたちは江ノ島に向けて出立するとしましょう」

「ふむ、仕方ないな」

吉兵衛が苦々しく頷く。説教の続きができなくて残念、という顔だった。

「彦作さんを待たせるのも悪いし、それに道中何が起こるか分からないから、早め早めに動くのに越したことはない。ほら、お前たちものんびり座っていないで、さっさと行くぞ」

吉兵衛は、年寄りとは思えない達者な足取りで部屋を出ていった。昨日の疲れはもう取れているようだ。あの様子なら今日の道中はひたすら説教の続きを聞かされるのだろうな、と肩を落としながら、忠次、新七、留吉の三人が立ち上がる。そして最後に銀太が腰を上げ……ると思いきや、そのままの姿勢で嘆くような声を出した。

「ちょっと待ってよ。みんなの話を聞いていたら、おかしいところがあったんだけど」

「なによ、別に変じゃなかったでしょう」

「順番だよ。昨日の晩も、留ちゃんが聞いて、新ちゃんが嗅いで、忠ちゃんが見たって言うじゃないか。順番が変わっていないんだよ」

「ああ、それね」

忠次が、うんざりしたような表情で答えた。

「なんかさ、旗本屋敷でお化けを見た時の順番のままで定まっちゃったみたいなんだよね。江戸を離れたせいだと思うけど。お蔭でおいらは気が重いよ」

「えっ、だって、昨日お紺ちゃんは……」

銀太がむすっとした顔でお紺を見る。

「あたしだってたまには間違えることもあるわよ。江戸から離れたことでいつもとは順番が変わって、銀太ちゃんがお化けに遭うこともあると思っていたけど、確かに言われてみれば、同じのが続くってのもあり得るわね」

「つまり、おいらはずっと仲間外れになるってこと?」

「そこだけはいつもと変わらないんだから構わないでしょう。さあ、ゆっくりしていたら江ノ島を見物する暇がなくなるわ。早く行くわよ」

お紺に促(うなが)され、新七と留吉が軽い足取りで部屋を出ていった。忠次はその後ろを、のろのろと追った。気分も足取りも重かった。これからの旅の間は、幽霊に出遭うようなことは何としても避けたいと思ったが、お紺がいるからそれは難しいだろうなあ……と首を振った。

「ちょっと待ってよ。どうしておいらだけいつも仲間外れなんだよ。だいたい、あの石に座ったり、蹴飛ばしたりしたのはおいらなんだぜ。それなのに、おいらにだけ何も起こらないってのはおかしいじゃないか。お紺ちゃんも忠ちゃんも、新ちゃんも留ちゃんもお化けも、みんな酷いよぉ」

部屋を出た忠次の背後で、銀太の嘆く声がいつまでも続いていた。

旗本幽霊屋敷　第二夜

一

裏の物置小屋の戸が開かれる音が聞こえたので、古宮蓮十郎は障子戸を開けて外を覗いた。

夕暮れ時の、うっすらと暗くなった庭を、三人の男が歩いているのが見える。

一人は坂井市之丞の叔父、鉄之進だ。痩せていて顔色の悪い男だが、足取りはしっかりとしている。それに眼光がやけに鋭い。

その前を二人の男が先導するように歩いている。昨日、市之丞が「取り巻き」だと言った男たちだ。坂井家の老僕の余吾平に訊いたところ、この二人はそれぞれ、土居久三郎、篠山隼太という名で、鉄之進がどこからか見つけてきた浪人者だそうだ。

——女を買いに行くのか、あるいは賭場へ顔を出すつもりなのか。

毎日夕方になると連中は屋敷を抜け出し、どこかへぶらぶらと遊びに出るらしい。よく金が続くものだと感心していると、ちょうど正面を通りかかった三人が一斉に横目で蓮十郎の方を見て、にやりと笑った。

蔑みと憐れみが入り混じった、嫌な笑い方だった。またどこかの愚か者がわざわざ死にに来やがった、とでも思っているのだろう。

もっとも連中がそう思うのも無理はなかった。市之丞の話では、二日目にこの屋敷に泊まった武芸者たちは、翌朝になるとみな血まみれになって息絶えていたそうなのだから。

しかし、だからと言って暗い顔をしていると、連中にますます馬鹿にされそうで癪に障る。そこで蓮十郎は、三人に向かってにっこりと微笑み返してみた。

男たちは少しだけ戸惑ったような表情を見せた後で、大笑いしながら去っていった。

「……腕の立ちそうな連中でございますね」

部屋の隅で声がした。陰気な顔をした男が片膝を立て、壁に寄りかかるようにして座っている。今夜のために、蓮十郎がわざわざ頼み込んで一緒に来てもらった男である。

「余吾平さんから聞きましたが、前にいた二人は、あの坂井鉄之進とかいう厄介叔父が用心棒として連れ歩いている男たちだとか。あの鉄之進も相当の遣い手に見えましたが、それでもなおあんな連中を必要とするとは、いったいどんなわけがあるのか……」

「さあて、その辺りは市之丞も余吾平も言葉を濁していたが、多分、命を狙われるような覚えがあるのだろうな。いくら腕が立つと言っても、一人ではどうにもならない場合がある。味方は多い方がいい。まあ、今の俺と同じだ。腕には自信があるが、相手が幽霊ではさすがに厳しいかもしれない。当然、味方は欲しい。しかし相手が相手だけに、ただ腕が立つだけではなく肝の据わっている者じゃないと駄目だ。むろん弥之助でも構わなかったのだが、あいつは別に用があるからな」

弥之助は、ここに泊まった者たちが本当にその後で亡くなっているのかを調べて回っている。

「それに何となく、弥之助より幽霊に対しては役に立ちそうな気がしたんだよ。だから竜……お前を呼んだというわけだ」

「はあ……それはどうも」

弥之助親分の一の手下、通称「ちんこ切の竜」は、いたく迷惑そうな顔をした。

ここで言う「ちんこ切」とは「賃粉切」のこと、つまり賃銭を取って葉煙草を刻む仕事をしている者を指す。弥之助は目明しの役目の他に、家業として煙草屋を営んでおり、竜は日頃はそこに住み込んで働いているのだ。お上の御用がない限り滅多に外にも出ずに、店の奥で黙々と葉煙草を刻んでいる男で、そのため顔色が青白くて、夜道で会うと幽霊かと肝を冷やす。蓮十郎が「役に立ちそうな気がする」と言ったのはそういう点を指している。

もちろん、竜は腕も立つ男だ。

「古宮先生に認められるのは嬉しいのですが、さすがに幽霊が相手となると、とてもお役に立てるとは思えません。何しろそんなものに出遭ったことがなくて……」

「俺だって幽霊というやつを相手にしたのは昨夜が初めてだった。まったく手応えがなくてびっくりしたよ。だから心配しなくてもいい。役立たずなのは俺も同じだ」

竜はますます迷惑そうな顔になった。

「……これまでにも幾多の武芸者がここに泊まったそうですが、生きて三日目の朝を迎えた者はないそうではありませんか。先ほど余吾平さんからそう聞かされて驚きましたよ。どうして親分も古宮先生も、前もって教えておいてくださらなかったのか

「……」

「まあ、それでも構わなかったんだけどな。お前はそれで逃げる男ではないし」

「親分から命じられれば、火の中だろうと水の中だろうと飛び込んでいく覚悟はありますから。それに今回はあの溝猫長屋の子供たちの命もかかっている。逃げるわけがありません。だからこそ、教えておいてくれれば心構えができて良かったのです。ああ、道理でここの前ですれ違った女たちが、私たちの顔を見て悲鳴を上げたわけだ。話を聞いてようやく納得がいきました」

蓮十郎と竜がこの屋敷に着いた時、ここで女中奉公をしている女が二人、ちょうど出ていくところだった。女たちは蓮十郎たちの顔を見ると、大声で叫びながら逃げていったのである。

「あいつらにしてみれば、俺たちは明日の朝に死体になっているに決まっている男たちだからな。縁起でもないものに遭っちまったって気分だったんだろうよ」

その女たちは、今夜は別の場所に泊まることになっているらしい。戻ってくるのは死体の始末が済んでから、という話になっているに違いない。

「多分、女たちがいなくなったからだろうが、昨晩より部屋が多く使えるようになったぜ」

蓮十郎が昨日ここに泊まった時には、入っていいと言われたのは二部屋だけだった。今日はそれが四部屋に増えている。屋敷の一番奥の、田の字形に配置されている四つの部屋だ。

「ああ、それはようございました」

竜がにこりともせずに答えた。大勢で宴会をするわけでもなし、使える部屋が増えたからどうだと言うのだ、と思っているのが顔にありありと出ている。

「……狭い部屋の中で幽霊と遭うより、少しでも広い方が怖くないと思うのだが」

「そうでしょうか。例えば、だだっ広い野原の真ん中で幽霊に出遭ってしまった時のことを考えてみてください。かなり怖いでしょう」

「ううん、どうかな」

蓮十郎はそれぞれの場合を頭に思い描いてみた。まず狭い部屋で幽霊に遭った時。壁や天井が邪魔だ。広い野原で遭った時。思う存分、刀が振れる。

「……動きやすい分、野原の方がましな気がするが」

「それは古宮先生に逃げるという考えがないからです。思い切り戦う気でいる」

「当然だ。それに、特に今回は逃げるわけにはいかないんだ。お前も分かっているように、そんなことをしたら子供たちが死ぬことになるからな。だから広い方がいい。

天井には気をつけねばならんが、昨日より多く部屋を使えるのはありがたい」

「はあ……しかし、手応えのないのを相手に戦わねばならんというのが、何とも……」

竜はそう言うと難しい顔をした。元々この竜はいつも陰気な顔をしている男だが、今日はその点が気になってことさら表情が沈んでいるように見える。

「……どうしようもありませんからね。これまでここに泊まった武芸者たちのように、私たちも明日の朝、骸になって見つけられるのか……」

少し俯き加減になり、竜は力なく首を振った。この男はとても慎重で、それは下っ引きの仕事に役立っているのだが、それゆえに物事を悪い方へと考えてしまうところがあるようだ。あの溝猫長屋の子供たちの能天気さを少しは見習ってほしいものだと蓮十郎は思った。

「……おい竜、お前にしては考えが足りないんじゃないか」

「はあ……それはいったいどういうわけで？」

「確かに俺が昨日遭った女の幽霊は、斬りつけたところでまったく手応えがなかった。この俺の渾身の一刀が見事に空を切ったよ。だが、今夜出てくるのは違うんじゃないかな。これまで二日目に泊まり込んだ武芸者たちは、みな斬られて血まみれの死体になった。つまり相手は、幻ではないということだ」

「ははあ、なるほど」

竜は顔を上げた。先ほどより心なしか目に光が宿ったように感じられる。

「確かに、こちらの刀が空を切るのに、相手の刀はこちらを斬れるというのはおかしい。そうなると、今夜出てくるのは、ちゃんと体を持った相手だということになりますね」

「その通りだ。よく身が詰まっているに違いない」

「そう言うと食い物の話みたいですが……どうにかなりそうな気がしてまいりました」

「うむ、それは良かった」

蓮十郎はにこりと笑い、それから部屋の中を見回した。だいぶ薄暗くなっている。そろそろ行灯に火を入れる頃合いだ。いよいよ夜が来る。

――溝猫長屋の子供たちは、先に出立したお紺たちに追いついたかな。

今夜は程ヶ谷に泊まっているはずだ。一緒について行った大家さんは気の毒だが、あの連中のことだから何かしらの騒ぎを起こしていることだろう。

――あいつらの土産話を楽しく聞くためにも……。

こちらの方は、今夜のうちにきっちり始末をつけておきたい。

「……まあ、まずは腹ごしらえだな。余吾平によると、今日の晩飯は豪勢らしいぞ。どこかの名のある料理屋に仕出しを頼んだらしい」

「はあ、それは親切なことで……と言いたいところですが、この屋敷の人々は私どもが明日には間違いなく死んでいると思っているわけで……、だからわざわざ高い飯を食わせてくれるのでしょうね……」

喜ぶかと思いきや、竜は苦々しい顔になった。

やはりどこか考え方が後ろ向きだ。もし今回のことが無事に済んで、子供たちも元気に戻ってきたら、銀太の爪の垢を煎じて竜に飲ませてみよう、と蓮十郎は思った。

二

「おや、御酒はお召し上がりにならなかったのですか」

料理の膳を下げに来た老僕の余吾平が、少し驚いたような顔になった。

「うむ、飲まなかった。この後、ひと勝負しなければならないからな。しかし余吾平、わざわざそう言うということは、これまでここに泊まった武芸者たちは、みな酒を飲んだのか」

「いえ、すべての方が、というわけではございません。中にはお二人のように、一滴も口にしなかった方もいらっしゃいます。しかし、たいていはお召し上がりになるようでして」

「ふうん」

「この前ここに来られた方は、三人でお泊まりになったのですが、何とも賑(にぎ)やかでございました。まるで宴会のようで……」

そして翌朝、そいつらは死体になった。何とも気の毒な話だが、最後に美味(うま)い飯と酒を楽しめたのだから良かったのだろう、と蓮十郎は思うことにした。

「余吾平、ちょっと訊(たず)ねるが、そいつらは三人でここに泊まったわけだな。初めから三人だったのかい。それとも、初日に女の幽霊を見て、慌てて助太刀を頼んだのかな」

「一日目の晩はお一人でお泊まりになっておりました。それでどうしようもなかったので、二日目はお仲間を呼んだ、ということでした。まあ、二日目もいらっしゃる方はたいていそうです」

「そうか」

蓮十郎もそいつらと同じことをしている。考えることは変わらないようだ。

「……江戸に仲間がいるやつならいいが、例えば旅の途中に寄った武芸者だったらどうなるんだ。確か、そういうのもいたという話だったが」

「はあ。そういう方は、だいたい一日目の幽霊で逃げてしまわれますから。二日目はありません。たったお一人でお泊まりになった方もいるにはいるのですが……」

「そいつはどうなった？」

「夜中に飛び出していきました。通りを物凄い勢いで駆けていったそうです。その後どうなったか詳しくは知りませんが、聞くところによると今も武者修行の旅を続けているとか」

この屋敷どころか、江戸からも逃げていったらしい。それだけの力が余っているのなら、もう少しここで幽霊相手に粘ってほしかった。もっとも、そうしていたらそいつも朝には死体になっていただろう。そう考えると、その男は賢明だったのかもしれない。

「逃げた時の様子や、今も修行を続けているということから考えて、大きな怪我はしなかったということになりますね」

横で話を聞いていた竜がぼそりと呟いた。

「きっと幽霊を見てすぐに逃げたのだろう」

「そうでしょうか？」

竜は首を傾げた。それでは腑に落ちない点があるらしい。

「すでに一日目の晩に幽霊に遭っているはずでしょう。出てくるのは分かった上で二日目も泊まっているのです。この屋敷に巣食う物の怪を退治するために。当然、腕に覚えがあるはずだ。そんな男が、まったく何もせずに逃げ出すとは思えません。刀を抜いて戦おうとしたに違いない。だが途中で、己の力では敵わないと悟って逃げ出した……と思うのですが、しかしそのわりにはたいした怪我をしていないようだ。朝になって骸で見つかった他の者たちとの差が大きすぎます」

「だから、やはり戦わずして逃げたのだろう。人間、急に怖気づくということもある」

「ううむ」

竜は、まだ納得できないという顔で唸った。

「まあ、いざとなったら逃げるという手もあると分かったからいいではないか。危なくなったら竜は逃げろ。江戸から離れれば命は助かる」

「先生はどうなさるので？」

「俺は逃げるくらいなら討ち死にするさ」

逃げたら子供たちに合わせる顔がない。それに、あの坂井市之丞に笑われるかもしれない。これはかなり腹が立つ。

「先生の手助けをしろと親分から命じられていますからね。私も付き合いますよ」

「『ちんこ切の竜』と一緒に死ぬことになるのか……。それは嫌だから何としても幽霊を退治しなきゃならんな。それはそうとして、市之丞はどうしたのだ。今日はまったく姿を見ていないのだが」

蓮十郎は余吾平の方へ顔を向けて訊ねた。昨日来ているので、今日は案内されずに竜と二人でやってきた。出迎えたのは余吾平と、女中の悲鳴だ。市之丞とは会っていない。

「はあ。今日はその、ご親戚の元を訪れておりまして」

「何だ、いないのか」

この屋敷に出る幽霊を退治するためにこちらが命を張っているというのに、まったく失礼なやつだ。出遭うと死んでしまうという幽霊を避けるために、わざと留守にしたのかもしれない。

「しかし女中たちも逃げていったし、厄介叔父とその取り巻きも遊びに行ったし、随分と人数が減ったんじゃないのか」

旗本と言っても小普請組に属している小禄の家だ。元から屋敷内に人は少ないのは分かっているが、それにしても寂しくなった。ここにいる三人以外でこの屋敷にいるのは、病に臥せっている当主の坂井平十郎、それと中間奉公が二、三人といったくらいだろう。

「……奥様はどうされているのでしょうか」竜が余吾平に訊ねた。「お旗本の当主ともなれば、当然奥方がいらっしゃると思うのですが」

「は、はあ。実は、奥様は昨年、病でお亡くなりになられまして」

余吾平は悲しそうな顔をして、首をゆっくりと左右に振った。それから蓮十郎と竜に頭を下げ、膳を持って部屋を出ていった。

「……悪いことを訊いてしまったようですね」竜が頭を掻きながら言った。「余吾平さんはずっとここで働いているようですから、坂井家の行く末というものが気になるのでしょう。ここの殿様は病で、後添いがどうのという話ではない。お子様もいらっしゃらないようだ。このままでは家が途絶えてしまう」

「うむ。そう考えると、あの市之丞の底意地の悪さも納得できるな」

坂井家が取るべき方法は二つある。一つは養子をとること。もう一つは、病を理由に平十郎が隠居して、市之丞が家を継ぐことだ。

だが、もし平十郎の病が、そしてその奥方が亡くなった原因が、この家に巣食う幽霊たちの祟りのせいだったとしたらどうなるのか。跡を継いだ者も、同じように病に倒れるのではないだろうか。

「坂井家を潰さないためには、何よりまず幽霊を退治しなければならない、ということだ」

そのために市之丞は、多くの僧侶、祈禱師、武芸者を恃んだ。しかしいずれも駄目だった。そこでかつての師匠、古宮蓮十郎に頼ったが、万が一その蓮十郎が途中で逃げ出したりしないように、溝猫長屋の子供たちを巻き込んだ、というわけだ。

「お家のために手段を選ばず、といったところか。お旗本ってのは、俺たちみたいなのとは住んでいる世界が違うからな。分からんでもないよ」

だが、子供たちを人質に取るようなこのやり方は許しがたい。たとえ旗本といえども容赦せず、足腰が立たなくなるまで叩きのめしてやらねば気が済まない。

「まあ、とりあえず市之丞のことは後にして、今宵のことを考えようではないか」

昨夜と同じなら、物の怪が出てくるのは夜半を過ぎてからだろう。今のうちに迎え撃つ用意を整えておきたい。

蓮十郎は部屋の中を見回した。今夜、好きに使っていいと言われているのは田の字形に配された四つの部屋だ。それぞれを仕切っている襖を取り外せば一つの大広間になるが、冬ということもあり今は閉じられている。昨夜斬ってしまった襖は別の部屋のものと取り替えられていた。

蓮十郎と竜がいるこの部屋には行灯が点されており、火鉢も置かれている。二人が飯を食っている間に、余吾平が隣の部屋に夜具を延べていった。その他の二部屋には何もない。

――刀で戦うには広い方がいい。だから襖を取っ払ってもいいのだが……。

真ん中の柱が邪魔だな、と思いながら蓮十郎は障子戸の方へ目を移した。少し考えてからつかつかと歩み寄り、戸を開けてみる。

とうに日は沈んでいるが、外はまったくの暗闇ではなかった。東の空に丸みを帯びた月が浮かんでおり、庭を青白く照らしている。

空には雲一つ浮かんでなくて、星も瞬いている。昨夜は時おり風が吹いていたが、今日はかなり穏やかだ。

――ふむ。

蓮十郎は一つ頷くと振り返り、障子戸をそのままにして部屋を横切った。行灯のそばへ寄り、ちらりと竜を見てから、ふっと火を吹き消す。

「ええっ」

竜が驚きの声を上げた。

「月の光より行灯の方が明るいが、それだけに濃淡が強く出てしまう。光の届かない場所の影が濃くなるんだ。四つの部屋のすべてに置かれているのならまだしも、行灯はこの部屋にしかないからな。それなら優しい月の光だけの方がいい。なに、心配はいらない。お前ならすぐに目が慣れる」

「はあ、夜目は利く方ですから構わないのですが、障子戸を開けたままでいるのですか。さすがにそれは……」

竜は慌てたように火鉢へにじり寄って手をかざした。寒さは苦手らしい。蓮十郎はその様子を横目で見て少し笑い、それから隣の部屋への襖を開けた。

この屋敷は門が東側にあり、東西に長い造りになっている。庭は南側だ。蓮十郎と竜がいた部屋は屋敷の一番奥の、南西側にある部屋だった。今、蓮十郎が襖を開けたのは庭に沿ってその隣にある部屋だ。自由に使える四つの部屋で考えると、南東に当たる場所である。

夜具が二つ延べてあったが、蓮十郎は片方を足で蹴っ飛ばして端に寄せた。今夜は竜と交代で起きているつもりだ。二つもいらない。

こちらの部屋の障子戸も開け放った。目が慣れたせいで先ほどより庭の有り様がよく分かる。隅に建っている蔵の白い壁がくっきりと見えた。

――夜半に近くなって月が高く上がれば、もっとはっきり見えるようになるだろう。

南側にある二部屋の明るさは十分だ。しかし、果たして北側の部屋にまで届くだろうか。

蓮十郎は庭に背を向け、障子戸の正面にある襖を開けた。その先は初めにいた部屋の斜めにある、北東側に当たる部屋だ。何も置かれていないのですっきりしている。思ったより暗くなかった。襖を取り払ってしまえば、南側にある部屋とさほど違いは感じられないだろう。

――だが、襖がなくなると真ん中の柱がどうしても気になるんだよな。

さてどうしようかと悩みながら、今度は北西側の部屋へ通じる襖を開けた。こちらは南側の襖がまだ閉じられているので暗かった。

歩み寄ってそちら側の襖を開ける。背中を丸めて火鉢に手をかざしている竜がいた。

これで四つの部屋をひと回りした。月明かりだけで十分だということは分かった。後は襖をどうするかである。

少し考えてから、蓮十郎は四ヵ所ある襖をすべて柱の方へ動かした。四つの部屋の境はそれぞれ四枚の襖で仕切られていたが、それを二枚ずつ重ねて柱側へと寄せた形だ。

作業を終えると蓮十郎は満足そうに頷き、竜の顔を見た。

「中途半端(ちゅうとはんぱ)な太さの柱が真ん中にあると気になるんだよ。それならこうして大きくして、はっきりと邪魔になっていた方がいい。そうは言っても襖二枚分だから、それぞれの部屋を行き来する幅は十分にある」

「はあ……つまり、この四つの部屋をぐるぐると回りながら戦う形になるわけですね」

「俺とお前で挟み込むこともできる。よし、これで物の怪を迎える支度は整った。後は相手が出てくるのを待つだけだ」

蓮十郎は、ぱん、と大きく音を立てて手を叩いた。自らに気合を入れるためだったが、竜の方も締まった顔つきになった。

「古宮先生、どんなやつが出てくるか分かりませんが、一気に片付けましょう」

竜は腕や首を回しながら勢いよく立ち上がった。やる気に満ちている様子が見て取れる。

「……いや、せっかくだからさ、じっくりやろうと思う」

「はあ？」竜の動きが止まった。「あの、それはいったいどういう……」

「昨夜出てきた女の幽霊はまったく手応えがなかったが、今夜の敵はそうではあるまい。それならゆっくり、じわじわと痛めつけていこうと考えているんだよ」

蓮十郎はそう言いながら、この上なく嬉しそうな笑みを浮かべた。

「古宮先生……この期に及んで、その悪い癖をお出しになりますか……」

竜は再び座り込んだ。そして首を振りながら、はああ、と深い溜息を吐き出した。

三

眠っていた蓮十郎は、部屋の中に轟く突然の大声で飛び起きた。すぐに枕元に置いてあった刀を拾い上げ、片膝立ちになって辺りを見回す。

同じ部屋の隅に竜がいた。見張りとして起きていたのだ。こちらも何事かと目を見開きながら音の出所を探っている。

聞こえてくるのは大勢の人の話し声だった。何を言っているのかは分からない。一度に多くの人が好き勝手にぺちゃくちゃと喋(しゃべ)っているからだった。

それにしてもうるさい。田の字形になっている四つの部屋をぐわん、ぐわんと巡り、そのまま頭の中に届いているような感じがする。

蓮十郎は顔をしかめながら目を動かした。布団があるこの南東の部屋にも、行灯や火鉢が置いてある南西の部屋にも、そして北東の部屋にも、怪しいものの姿はなかった。

だが、声は確かにこの四つの部屋のどこかから聞こえている。その場所は多分……。

蓮十郎の目が四つの部屋の真ん中にある柱の辺りへと向けられた。もし何者かがいるとしたら、柱の周りに寄せてある襖で遮(さえぎ)られていて見えない、斜め向こうの北西の部屋しかない。

横を見ると、やはり竜の目もじっとそちらへと向けられていた。

——二手に分かれて、挟み込むようにしてあの部屋を探った方がいいだろう。

蓮十郎は声を出して、そのことを竜に伝えようとした。だが竜は顔を動かさなかった。頭の中に響いてくる声が大きすぎて、こちらの指示が届かないのだ。

耳が利かないのは蓮十郎も同じだった。仕方なく、大きく腕を動かす。竜がこちらを向いた。蓮十郎は「そちらへ回れ」と口を動かしながら隣の部屋を指さした。行灯や火鉢がある南西側の部屋だ。竜はすぐに蓮十郎の意図に気づいたらしく、小さく頷いてから慎重な足取りでそちらへと進み始めた。

蓮十郎も動き出した。刀を鞘から抜いて下段に構え、そのままの姿勢で北東側の部屋へと足を踏み入れる。声は聞こえ続けているが、襖の向こうにいるはずの連中はまだ見えない。

声のする方を向きながら、横に動いて壁際まで進む。そこからそろそろとした足取りで壁に沿って歩き、北西の部屋へと近づいていった。相変わらず声はしている。しかも大勢の者が一斉に喋っている声だ。それなのに、ここまで来てもその姿を見ることはできなかった。

襖の陰にいるのは間違いない。しかしそこに多くの者が隠れられるとは思えなかった。頭の中で響いて大勢の声に聞こえるだけで、案外と人数は少ないのかもしれない。

――竜のやつを先に突っ込ませるわけにはいかんからな。

蓮十郎はちらりと手元に目を落とし、刀の目釘を確かめた。それから刀を握る手に力を込め、一気に北西側の部屋の中へと飛び込んだ。

恐らく蓮十郎がそうするのを待ち構えていたのだろう。その部屋に足を踏み入れるのと同時に、わずか二枚の襖の裏にどうやってそんな多くの者が隠れていたんだ、と驚いてしまうほどの数の化け物が、雪崩(なだれ)を打って飛び出してきた。

先頭にいたのは、二本差しの侍だった。顔は分からない。そもそも首から上が付いていなかった。その後ろには商人と思える風体の小太りの男がいる。こちらはちゃんと顔があったが、斜めにずれていた。それから、片腕のない職人風の男もいた。遊女のなりをした女の姿も見える。真っ赤な紅を差した唇(くちびる)が強く印象に残った。ただ、鼻から上がないので美人かどうかは分からなかった。

その後ろにもたくさんの異形(いぎょう)の者たちの姿があったが、蓮十郎の目がしっかりと捉(とら)えたのはそこまでだった。先頭の侍が刀を抜いて斬りつけてきたのだ。

蓮十郎はすっと後ろに下がって相手の刀をやり過ごしてから素早く前に動いた。侍の横をすり抜けざまに刀を振るい、相手の脚を斬りつける。

間違いなく当たったと思ったが、手応えがなかった。避けられたのか、それとも昨夜と同じで相手の体を刃が通り抜けてしまったのかは分からない。それを確かめる暇はなかった。蓮十郎は斜めに振り上げた刀を振り下ろす形で、続けざまに侍の後ろにいた商人を斬りつけた。やはり、相手を斬ったという手応えは感じられなかった。

そのまま化け物たちの脇を走り抜けて、隣の部屋へと入った。行灯と火鉢が置いてある、南西側の部屋だ。これ以上進んだら庭に下りてしまう、という所まで進んで止まり、後ろを振り返る。

優男といった顔立ちの若い男が敷居を跨いでこちらの部屋に入ってきた。そんな男がいたことを先ほどは確かめることができなかったが、恐らく後ろの方にいたのだろう。

蓮十郎は再び刀を下段に構えた。そこで、自分の着物の袖口がすっぱりと切れていることに気づいた。

「む？」

思わず声が出る。こちらは相手を斬ることができないのに、向こうは俺を斬っている。

不思議だったが、のんびり考えている場合ではなかった。目を正面に戻す。

優男はにこにこしながら蓮十郎の方へと近づいてきた。顔には傷一つ付いていないし、両手もちゃんとある。まさか生きている人間なのか、という考えが蓮十郎の頭をよぎる。その途端、優男は、ぐしゃっと潰れて畳の上に転がった。

驚くだけの間は与えられなかった。優男の体を乗り越えるようにして、職人風の男が蓮十郎に迫ってきた。その後ろに、最初のとは別の侍らしき男が見える。隠居然とした老人の姿もある。渡世人といった感じの、人相の悪い男の顔もあった。そのいずれもが、首がちぎれていたり、はらわたを引きずっていたりと、どこかに酷い傷を負っていた。

蓮十郎はその連中の真っただ中へ突っ込むような形で、前へと走り出した。商人や老人、女は怖くなかった。得物を持っていないからだ。気を付けなければいけないのは刀を持った侍や匕首を握っている渡世人だった。そいつらの動きを目で追いながら、一気に異形の群れの中を走り抜けた。

もちろん、その間に数人の相手を斬りつけている。しかし刀は空を切っていた。中には手応えを感じたような相手もいた気がしたが、自信はなかった。

蓮十郎は部屋を二つ通り抜けて、最初にいた、布団が敷いてある南東側の部屋に移った。

――そう言えば、竜のやつの姿が見えないな。あいつが逃げるとは思えないが……。

改めて左右を見回す。やはり竜はいなかったが、死体が転がっているわけでもなかった。相手の数が多すぎるので、いったん庭へと退いたのかもしれない。

——竜と一緒に挟み撃ちにするつもりだったが、俺の方が挟まれちまったな。

首なしの侍が、北東側の部屋からこちらへとゆらゆら向かってきているのが見えた。南西側の部屋からは渡世人風の男が脇差を手に薄ら笑いを浮かべて近づいている。もちろん、その二人の後ろにも多くの者たちがいた。

この連中は、最初に襖の裏から飛び出てきた時こそ動きが速かったが、その後はさほどでもない。むしろ鈍いと感じられるほどだった。妙だな、と蓮十郎は首を傾げた。

——まあ、速かろうが遅かろうが、触れないのだからどうしようもないのだが。

さて、弱そうな渡世人風情の男の方からもう一周回るか、と刀を握る手に力を込める。

肘の辺りに軽く痛みが走った。蓮十郎が慌てて目をやると、斬られた痕があって血が滲んでいた。

先ほど袖口を切られていたのと同じだ。連中の群れの中を通り抜けると、なぜか体に傷が残っている。

——つまりこいつらは、すべてがまやかしというわけではないのだな。

手応えを感じたような相手もいたことを思い出す。恐らくこの群れの中に一体だけ、触れることのできる体を持つやつがいるのだ。

蓮十郎は、近づいてくる者たちの足下を見た。蓮十郎の刀によって傷つけられた者がいるはずだった。そこから判断しようと思ったのだが、残念ながらどいつもこいつも元から血まみれの傷だらけで、まったく分からなかった。

——仕方ない、本気を出すとするか。

蓮十郎は構えを正眼にとった。

これまで蓮十郎は、常に相手の脚だけを狙っていた。ゆっくり、じわじわと痛めつけてやろうと考えていたためだった。しかし考えを改めた。敵の数があまりにも多い。しかもその大半は幻だ。そいつらを相手にしているうちに疲れ、動きが鈍くなったところで一体だけいる体を持ったやつにやられてしまう。これまでにやられた武芸者たちも、きっとそんな風にして死んでいったのだろう。

——そう言えば、竜が妙なことを気にしていたな。

武芸者たちの中で、生き延びた者と骸になった者の差が大きすぎると言っていた。助かったのは一人でここに泊まり込んだ者だった。

——うん？

　蓮十郎は再び目を左右に配った。首なしの侍も、渡世人風情の男も、隣の部屋との境目辺りで止まって、ゆらゆらと揺れながらこちらの様子を窺っている。蓮十郎の方から襲いかかっていくのを待っているように思えた。

　——まさかとは思うが……。

　蓮十郎は二人の背後にいる者たちへと目を移した。自分は幻を見せられている。こいつらは幽霊だ。斬ったところで刀は空を切るだけ。当然だ、とうに体は滅んでいるのだから。

　もし、こいつらの中に体を持つ者が混じっているとしたら、それは……。

　蓮十郎は刀の構えを解いた。そして、その場にどっかりと腰を下ろした。

四

「……骸は丁重に扱うようにな。古宮先生は一応、剣術の師匠だった男だから」

「はい」

「もう一人は……これは筵を掛けておくだけでいい。後で弥之助に亡骸を引き取りに来させよう」

「承知いたしました」

「あまり部屋が汚れていなければいいが」

近づいてくる足音とともに、坂井市之丞が老僕の余吾平に指示を出している声が聞こえてきた。蓮十郎と竜の死体の始末について話しているようだった。

――ほう。俺の死体は丁重に扱われるか。乱暴に蹴飛ばされるかと思ったが。

にやにやしていると襖が開き、市之丞と余吾平が部屋の中に入ってくる気配がした。蓮十郎は閉じていた目を開け、ゆっくりと二人の方へと顔を動かした。

「……おや、古宮先生。生きておいででしたか」

驚くかと思ったが、市之丞はまったく表情を変えなかった。声も落ち着いている。

「さすがは先生です。生きたままここで三日目の朝を迎えた者は初めてだ」

「ああ、もう朝か」

蓮十郎は体を起こした。異形の群れが消えた後、布団に入って寝直していたのである。

「ええと、竜は……ああ、そっちか」

ちんこ切の竜は隣の部屋で、夜具を被って火鉢にあたっていた。まだ若いのに、ぱっと見ただけだと寒がりの爺さんといった風情である。

「古宮先生。どうやって助かったのか伺いたいのですが」

市之丞が、蓮十郎のいる布団の脇に腰を下ろした。目は部屋のあちこちへ動かしている。汚されていないか確かめているようだった。

「そもそも、二日目の晩にはどんなものが出てくるのか、それすら知りません。教えていただけませんか」

「なんか、気味が悪いのがいっぱい出てきた。それだけだ」

蓮十郎は答えながら自分の肘を見た。わずかに刃物がかすっただけの傷で、すでに血は止まっている。痛みももうない。それでも、この俺を傷つけるなんてさすがだな、と感心した。

「ああ、怪我をしておいでですね。その、気味の悪い連中にやられましたか」

「いや、これはあっちの部屋にいる、竜のやつに斬られたんだよ」

「は？」市之丞が不審げな顔で隣の部屋を見た。「それはいったい？」

「首から上がないのとか、はらわたを引きずっているのとか、とにかく妙なやつらがたくさん出てきやがった。俺たちは二手に分かれてそいつらと戦い始めたんだが……実はそうじゃなかったんだ。そいつらはすべて幻で、俺たちは互いに斬り合っていたんだよ」

これまでこの部屋に泊まった武芸者たちもそうだったのだろう。だから仲間と一緒に来た連中は命を落とした。助かったのは夜中に逃げ出した、一人でここに泊まった者だけだ。

「途中で俺は竜のやつがいなくなったと思ったが、やつの姿も俺からは化け物に見えていたんだろうな。どれだったのかは分からんが」

「私からも古宮先生は見えませんでした」隣の部屋で竜が言った。「多分、あの化け物のうちのどれかが先生だったのでしょう」

「役者のような顔立ちの美剣士がいなかったか？」

「いえ、おりません。腐りすぎて骸骨(がいこつ)に近くなっている剣術遣いならいましたが」

「それが俺だったのかな」

蓮十郎は苦笑いを浮かべながら首を捻(ひね)った。自分はそいつを見ていないから、きっとそうなのだろう。

「ふうむ、なるほど」市之丞が、得心がいったというように頷いた。「二日目の晩には気味の悪い化け物がたくさん出る。しかしそれは幻で、ここに泊まった者たちは仲間同士で斬り合ってしまう。そのことに気づいたお二人は、途中で戦うのをやめた……ということですね」

「ほぼ同時に気づいたようで、お蔭で助かりました」

竜が、包まっていた夜具から自分の脚を出した。斬られた痕があった。布を巻いて血止めがされているが、蓮十郎の肘より酷い傷なのはちょっと見ただけでも分かる。

「もし先生が気づかずに、しかも本気を出して向かってきていたら私はあっさり斬られていたでしょう。そう思うと先生が、相手を痛めつけるのが好きという、腐った性根の持ち主だったのが幸いでした。明らかに初めのうちは遊んでいらっしゃいましたからね。脚だけ狙って。もっともその動きで、私はあの半分腐った骸骨剣士が先生ではないかと疑ったわけですが……」

「ほう」

自分は相手を斬ることに夢中で、どれが竜だったのかを見破るまでには至らなかった。こいつ俺より冷静だな、と蓮十郎は感心した。それと同時に、「腐った性根の持ち主」などとさらっと言う辺り、こいつなかなか口が悪いな、とも思った。日頃は無口な男だから気づかなかった。

「さて、これで二日目の晩が終わったわけですが……」

市之丞が顔を蓮十郎の方へとまっすぐ向けて言った。相手の心の内を探っているかのような目だった。

「……三日目の晩はいかがなさいますか。ここより先へ進んだ者は、今までに一人もおりませんが」

「明日の晩も……いや、もう今晩か。もちろん俺はここへ来るよ。子供たちの命がかかっているからな。逃げるという考えはない」

溝猫長屋の子供たちは、今日は江ノ島を見物してから鎌倉に泊まるはずだ。その後は江戸に引き返してくる旅になる。残された日数は少ない。

「それを聞いて安心しました」市之丞はすっと立ち上がった。「それでは今晩もいらっしゃるということですので、余吾平に命じて支度をさせておきます。ああ、もちろん古宮先生は分かっておいでだと思うのですが、念のために申し上げます。ここに泊まる目的は化け物に遭うことではなくて、それを退治して出なくするためです。そのことをお忘れにならないように」

「当たり前だ。子供たちの命がかかっていると言っただろうが」

蓮十郎はむっとして市之丞の顔を睨んだ。しかし市之丞はまったく顔色を変えずに、隣の部屋の竜の方へと目を向けながら言葉を続けた。

「あちらの人は脚に怪我をしているようです。今晩は代わりに、岡っ引きの親分を連れてきたらいかがでしょう」

「弥之助か。別に構わんが……お前がわざわざ勧めるってことは、何かあるのかな」

「いえ、何となくそう思っただけで」

市之丞は踵(きびす)を返した。話をこれで切り上げて部屋を出ていこうとしている。最後に一つ、こいつの顔色が変わるような気の利いたひと言を投げかけてやりたいと蓮十郎は思ったが、何も思いつかなかった。

残念がっていると、隣の部屋から竜が市之丞に声をかけた。

「ああ、申しわけありません。断っておかねばならないことがあるのですが」

市之丞が振り返って竜を見た。

「何か？」

「傷を負ったので、布を巻いて血止めをしようと思ったのですが、適当な布切れがなくて。それで……布団を切り裂いて使わせてもらいました」

「は？」

市之丞の目が部屋の隅に転がっている布団へと向けられた。蓮十郎が使っていたのとは別の、もう一つあった布団である。それは布地が切り裂かれ、中から綿が覗いていた。

「怪我の手当てのためですから仕方のないことですが……また駄目にしたんですか

……」

市之丞の顔がちょっとだけ曇った。よし、でかしたぞ竜、と蓮十郎はにんまりした。

付きまとう者

一

「実はね、あたし……あんたたちに謝らなきゃならないことがあるのよ」

いつになく深刻な顔でお紺が言った。

溝猫長屋の子供たちと吉兵衛、そしてお紺の一行は今、藤沢宿にいる。ここは日本橋から十二里半、昨夜泊まった程ヶ谷宿からだと四里と数町という場所だ。女と子供、年寄りで大半を占める一行だから、のんびりと歩いている。だから朝早くに程ヶ谷宿を出立したが、この藤沢宿に着いた時は昼になっていた。それで一行はひと休みして腹ごしらえをし、それから宿場の入り口にある大鋸橋まで戻ってきたところである。

この藤沢宿からは江ノ島と大山へ向かう道が分かれている。五穀豊穣、商売繁盛の神として信仰されている大山へは、宿場の西からそちらへ進む道が出ている。この大山も江戸からの遊山客で賑わっている場所だ。しかし今回、お紺たちが向かうのは音曲と芸能を司る弁財天が祀られている江ノ島である。三味線や長唄などの習い事をする女たちに人気のある場所だ。

「……黙っていようと思ったけど、嘘を吐いたままで鳥居をくぐるわけにはいかない。正直に真実を話すことにするわ」

江ノ島へと向かう道は大鋸橋の袂から分かれており、道の入り口には「弁財天」という額がかかった、銅で作られた大きな鳥居が立っている。江島神社の一の鳥居だ。これをくぐって一里ほど進めば江ノ島である。

お紺はその鳥居の手前で立ち止まっている。他の女たちや一緒についてきた芳蔵、彦作、そして吉兵衛はすでに鳥居を抜けて先へと行ってしまった。お紺によって無理やり引き留められているのは忠次、銀太、新七、留吉の、いつもの顔ぶれだ。

「あたし、あんたたちを怖がらせようと思って、ありもしない話をでっち上げていたのよ」

「お紺ちゃん……いったい何のこと？」

忠次は恐れ戦きながら訊ねた。どの話を指しているか分からないが、お紺は今、自分たちを怖がらせようとして嘘を吐いたと謝っている。しかしよく聞かないと安心はできない。お紺の場合、真実の方がよっぽど怖かった、なんてことがあり得るからだ。

「今晩泊まる宿のことよ。あたし、そこにもお化けが出るという噂があると言ったでしょう」

「ああ」

この後、一行は江ノ島を見物してから鎌倉へと向かい、今夜はそこで泊まることになっている。ここまでの道々、昨夜の旅籠屋と同じように、鎌倉の宿にも怪しい噂があるとお紺は男の子たちに言って怖がらせてきたのである。

「物凄く残念なことなんだけど、本当は、その宿にはお化けが出るような噂はまったくないの。眺めのいい場所にあって美味しい料理を出す、ただそれだけのつまらない旅籠屋らしいのよ」

「へえ……」

「ああ、正直に告げられてほっとしたわ。さあ、あたしたちも行きましょうか」

お紺は「江のしま道」と記された、道の端にある石柱を見ながらにっこりと笑い、それから鳥居をくぐった。四人の男の子たちも慌てて鳥居を抜ける。

「ちょっとお紺ちゃん、本当に今夜泊まる宿には何も出ないの？」

ずんずんと歩いていくお紺にようやく追いついた忠次は、そう声をかけた。

「そうよ、あんたたちにとっては良いことなんだから、別に文句なんか言えないでしょう」

「そうだけど……お紺ちゃんがそんなことを話すなんて不思議だから」

そもそもそんな嘘を吐くこと自体がおかしいのだが、それはお紺なのだから仕方がない、と諦(あきら)められる。むしろ、それを白状する方が不気味だ。いつものお紺ならば、そのまま白(しら)を切って、忠次たちを怖がらせ続けるはずなのだ。

「これから弁天様をお参りするのに、嘘を吐いたままでは駄目でしょう。神仏に対する礼を失ってはいけないわ。真っ当な人として当たり前のことよ。それを怠って罰が当たったとしても、それこそ文句が言えない」

「……さっきみんなで遊行寺(ゆぎょうじ)にお参りしたけど」

藤沢宿の手前には遊行寺がある。一遍上人(いっぺんしょうにん)を開祖とする時宗(じしゅう)の総本山だ。一行は藤沢宿へ入る前にそこで旅の無事を祈っている。その寺の立場はどうなる？

「ううん、まあ、神様仏様は心が広いから平気よ。ましてやあたしのような可愛(かわい)い女の子のすることなんだから見逃してくれるでしょう」

「……どうかお紺ちゃんに罰が当たりますように」

「なんですって」

お紺が立ち止まって忠次の方を振り向いた。むすっとした顔をしている。小声で言ったつもりだったが、お紺の耳へしっかり届いたようだ。忠次は後悔しながら首を竦めた。虎の尾を踏んでしまった。きっとあれこれと言いがかりをつけてくるはずだ。

銀太、新七、留吉の三人がすっと後ろへ下がる気配がした。とばっちりを受けないように離れたらしい。薄情なやつらだ、と思いながら忠次は身構えた。

「忠次ちゃん、よく聞きなさい。あたしはね……」

お紺が口を開きかけたちょうどその時、その向こうからやってくる人影が忠次の目に入った。袈裟を身に着け、錫杖を手にしている。どことなく薄汚れた感じがするので、旅の僧だと思われた。笠を深くかぶり、俯き加減に歩いているせいで顔はよく分からないが、わずかに見える口元が動いているのが見える。経を唱えているのだろう。

往来の真ん中にいては邪魔だ。忠次は、ちょっと待って、という風に手を前に出してお紺を制し、それから道の脇によけた。

後ろから人が来たとお紺もすぐに気づいたようで、口を閉ざして忠次と同じように横へどいた。それから表情を緩めて、口元に軽く笑みを添えた、よそ行きの顔で振り返った。

――相変わらず外面がいいと言うか、何と言うか……。

けっ、と心の中で唾を吐きながら、忠次はお紺の後ろ姿を睨みつけた。

お紺と忠次の横を僧が音もなく通り過ぎた。思いのほか歩くのが速かった。それでいて体がほとんど上下に揺れていない。修行を積んだお坊さんは、おいらたちとは歩き方から違うんだな、と感心しながらも忠次はじっとお紺の背中に目を注ぎ続けた。

旅の僧の後ろからは、こちらへやってくる人の姿は見えなかったが、お紺はまだ向こうを見続けていた。少し経って、どうしたんだろう、と忠次が思い始めた頃に、ようやくお紺は振り返った。その顔には怪訝そうな表情が浮かんでいた。

「ちょっと忠次ちゃん。人が来たのかと思って横にどいたのに誰も来ないじゃない。せっかくの可愛らしい笑顔が無駄になったわ」

「は？」

「物陰に隠れて見えないだけかと思ってしばらく待ってみたけど、結局人なんか来やしない。まったくあんたのお蔭で、誰もいない通りに向かって笑みを浮かべる薄気味悪い女になっちゃったわよ」

それはいい気味だ、と忠次は少し胸のすく思いがした。だがすぐに、いやそれはおかしいと思い直す。

「なに言ってるんだよ。お紺ちゃんの横をお坊さんが通り過ぎていったじゃないか」

「あんたこそなに言ってるのよ。お坊さんなんてどこにもいないわよ」

忠次は一の鳥居の方を振り返った。話している間に随分と進んでいたようで、思っていたよりも鳥居が遠くにあった。先ほどすれ違った僧侶はその先の大鋸橋の上に佇んでいる。顔をこちらに向け、笠に手を掛けて少し持ち上げるような仕草をしているので、もしかしたら忠次たちを見ているのかもしれなかった。

それにしても、もうあんな所まで行ってしまったのかと内心で驚きながら、忠次は得意げな顔を作ってお紺を見た。

「ほら、橋の上にいるじゃないか」

「どこにいるのよ。大鋸橋の上には今、人っ子一人歩いてないわよ」

「だから、あそこに……」

忠次は再び橋の方を振り返り、腕を伸ばして僧侶の方を示そうとした。

「ちょっと待って。忠ちゃん、指すのはやめた方がいいかも」

それまで忠次とお紺の後ろで黙って成り行きを眺めていた留吉が急に鋭い声を上げた。

忠次はびっくりしてそちらを見た。難しい顔をした留吉と新七が並んで立っていた。ただ一人、銀太だけは呑気に橋の方を向いて「どこどこ」と僧侶を探している。その様子から、お紺だけではなく銀太にもあの僧侶が見えていないことが分かった。それとともに、あの僧侶の正体も忠次は知った。

「あ、忠ちゃんはあまり橋の方を見ない方がいい。気づいたことを気づかれないように」

新七に言われて、忠次は慌てて大鋸橋へと背を向けた。

「ふうん。なるほど、そういうことね」

忠次の目の前で、得心がいったという風にお紺が頷いた。楽しそうな、それでいてどこか意地の悪そうな笑みを顔に浮かべている。

「新七ちゃんは嫌な臭いを嗅ぎ、留吉ちゃんは声か物音を聞いたみたいね」

「別に嫌な臭いじゃないよ。ほのかに線香みたいな匂いが通り過ぎただけだ。お寺の匂いっていう感じだな」

「おいらが聞いたのはぼそぼそと呟くような読経の声と、かすかな足音、それから、かしゃかしゃという杖の音かな。錫杖ってやつだと思う」

「つまり、あたしたちは今、お坊さんのお化けとすれ違ったってわけね」

お紺は額の辺りに手を置いて庇を作り、大鋸橋の方を眺めやった。しかしすぐに首を振る。やはり何も見えないらしい。少し残念そうな顔をしたが、それでもまだ顔に浮かべた笑みは消えないままだった。

「これまでは前に誰かが殺されている空き家とか、あるいは昨晩の旅籠屋みたいな、そこにお化けが出るっていう噂があるような場所で見てきたけど、外をふらふらと歩いている野良お化けに遭うのは初めてじゃないかしら。面白いわ」

明らかにお紺は楽しんでいる。これまでのお紺の言動を考えるとそれは分かるが、幽霊を野良犬や野良猫と同じ扱いにするのはやめてほしい。

「見る、嗅ぐ、聞くの三つが順番に動かず、定まってしまったらしいのは昨夜で分かったけど、江戸から離れたことでもう一つ、これまでとは変わったことがあったみたいね」

「何のこと？」

忠次は恐る恐る訊ねた。嬉しそうな口調で言うお紺の顔から考えると、きっとそれは自分にとって碌でもないことに違いないという気がした。

「あんたたちがこれまでに遭ってきたお化けは、実は『お多恵ちゃんによって遭わせられた』ものだった。だけど今回は、お化けを感じる力を持ったまま江戸を離れ、お多恵ちゃんの力が届かない場所まで来てしまった。だから、お多恵ちゃんの思惑が働いていない、通りすがりのお化けにまで遭うようになってしまったってことよ」

「ああ、そうか……」

忠次は頭を抱えて座り込んだ。この上なく迷惑だ。もしそれが正しかったら、この先もまたお紺の言うところの野良お化けに出遭ってしまうかもしれない。

「先に行った人たちが心配するといけないから、あたしたちも早く江ノ島に向かいましょうか。ああ、楽しみだわ。江ノ島みたいに人がたくさん集まる場所は、やっぱりお化けも寄ってくるのかしら。何かいたら教えてよね」

お紺はくるりと踵を返し、軽い足取りで江ノ島へと歩み始めた。境川沿いの道には座り込んで項垂れる忠次と、それを気の毒そうに眺める新七と留吉、そしてまた仲間外れにされたことで口を尖らせている銀太の、四人の男の子が残された。

「ああ、どうしておいらがこんな目に……」

忠次は嘆くような口調で言い、空を見上げた。晴れ女のお紺の力か、憎らしいまでに澄んだ青空が広がっている。

「なんでお紺ちゃんには罰が当たらず、おいらが酷い目に遭うんだ……」

「忠ちゃん……きっとお紺ちゃんはそういう人なんだよ。ここで嘆いていても仕方がない。とにかく今は先へ進まなきゃ」

留吉が慰めるような口調で言った。

「そうだよ。おいらなんかいつも順番の外に置かれて、一人だけ仲間外れにされているんだぜ。それに比べれば今回の忠ちゃんは……ほんのちょっとましだよ、多分」

続けて銀太が声をかける。最後の方は少し自信なさげに声が小さくなったが、それでも元気づけようとしてくれたのは分かった。

「江戸にいるならともかく、今は旅先だからな。隠れることはできない。留ちゃんが言ったように、先に進むしか道はないんだ。それなら、この後の旅の途中で幽霊に出遭った時のことを考えておいた方がいい」

最後に新七が、落ち着いた口ぶりで告げた。ただ励ますだけではなく、こういう風に先々のための策を練ろうとする人間がいてくれるのは助かる。

「これまでは俺たちも調子に乗って、わざわざ幽霊に遭いに行くなんて馬鹿なことをしていたけど、この旅先で出てくるのはお多恵ちゃんの思惑を外れたやつみたいだし、弥之助親分のように頼りになる人もいないから、慎重に動かなくちゃ。忠ちゃん、まっすぐ見ないように気をつけながら、まだお坊さんの幽霊が橋の上にいるかどうか確かめてくれないかな」

新七に言われた忠次は立ち上がり、わざとらしく伸びをしながら横目で大鋸橋の方を見た。黒い人影がまだ橋の上に佇んで、こちらを窺っている様子が目の端に映る。

「うん、いるね。おいらたちの方を気にしているみたいだ」

「そうか……忠ちゃんが道を譲ったから、自分のことが見えたのかもしれないと思って、それでこっちを見ているんじゃないかな。でもあの後、忠ちゃんはじっとお紺ちゃんの方を見て、すれ違うお坊さんには目もくれなかった。多分それで、見えたのかどうなのか確信が持てないんだろうね」

「もし確信が持てたらどうするつもりだろう」

「さあ、それは分からない。でも相手は幽霊だからね。俺たちに取り憑いてあの世に引きずり込もうとする、なんてことになったら大変だよ。そうじゃなくても、付きまとわれるだけで厄介だ。とにかく野良は放っておいた方がいい。下手に構うとついてくる」

新七まで幽霊を野良犬か野良猫のように言い始めている。

「あのお坊さんの幽霊のことは気にせずに先に進むとして、この後のことを考えなきゃ。幽霊と出遭わずに旅を終えられればいいけど、それは難しそうだ。きっとまたどこかで別のやつと出遭うに違いない。そんな時……間違っても目を合わせたりせず、見えていない振りをしてやり過ごすしかないかな」

「ううん……」

お多恵ちゃんの思惑が働いている幽霊なら、それでも無理やり見せられるということがあるけど、そうではないのなら新七の言うようにすれば関わらずに済むかもしれない。

「もちろん道を譲るのも駄目だ」

「え……それは難しいかな。後から考えれば歩くのがやたらと速かったとか、まったく音がしなかったとか、おかしいところはあるんだけどさ。それでも初めはあのお坊さんのことを、ごく当たり前の生きている人だと思ったんだ。そういうお化けがまた出てきたらどうするのさ」

「ちょっとでも怪しいと思ったら、道を譲らずに突っ込む」

「もしそれが本当の人だったら？」

「ぶつかった後で謝る。旅先で幽霊に付きまとわれるよりましだ」

「そうだけど……」

横柄な子供だと思われるに違いない。それどころか頭のおかしい子供だと思われて、変な目で見られるかもしれない。

「ああ、お紺ちゃんじゃなくて、どうしておいらがこんな目に遭うんだ……」

改めて忠次は嘆くように言い、澄み切った空を見上げた。

二

一行は江ノ島弁財天をお参りした後で鎌倉へと進み、鶴岡八幡宮（つるがおかはちまんぐう）のそばにある、今夜泊まることになっている旅籠屋へと着いた。

幸いなことに、忠次はここまでまったく幽霊に遭わなかった。ただ、三人ほどの遊山客にまっすぐぶつかっていって、ぺこぺこと謝る羽目に陥（おちい）っただけだ。間違いなく幽霊だと思ったが、ただの影が薄い人だった。世の中にはたまにそういう人がいるから困る。

「まだ晩御飯までは間があるから、みんなは鶴岡八幡宮の見物に行くそうだ。儂（わし）は明日に疲れを残さないよう、宿で休ませてもらうよ。お前たちは力が余っているだろう。一緒に行ってきなさい。迷惑はかけないようにな」

旅籠屋の部屋に入って荷を下ろし、宿帳を記しに来た宿の主人が出ていった後で、吉兵衛がそう告げた。しっしっと手を振りながら言ったところを見ると、休むのに邪魔だと考えているようだ。もちろん子供たちもせっかくの旅先で大人しく宿にいるようなつまらないことはしたくない。言われたように旅籠屋を出る。

「やっと出てきたのね。まったく、女より遅いなんてあり得ないわ。こういう時に相手を待たせるのは女だと、世の中では相場が決まっているのよ。覚えておきなさい」

旅籠屋の入り口で仁王立(におうだ)ちしていたお紺が、忠次たちの顔を見回しながら言った。他の女連中や芳蔵、彦作の姿は見えない。先に行ったようだ。お紺だけが残って男の子たちを待っていたらしい。何だかんだ言いつつ優しいな、と忠次は少しだけお紺を見直した。

「さあ、揃(そろ)ったから行くとしましょう。市松(いちまつ)屋さんはあっちよ」

「は？」

「市松屋さんはね、前にうちの質屋によく顔を出していた、枡五郎(ますごろう)さんっていう人がやっている飯屋なの。板前さんでね、江戸で料理の修業をした後、この鎌倉の地に自分のお店を出したのよ」

「いや、あの……鶴岡八幡宮へお参りに行くんじゃ……」

「あたしたちは市松屋さんに行くのよ。ああ、他の人たちには、お父つぁんの知り合いの家に寄る用事があるからって断ってあるから、その点についての心配はいらないわよ」

忠次は、お紺のことを優しいだなんて思ってしまった自分の甘さを恥じた。鬼のお紺の異名を持つこの娘が、優しさから自分たちを待っているわけがないのだ。

「お紺ちゃん、訊くまでもないことだけどさ……」

「だったら訊かなくていいわよ。忠次ちゃんの思っている通りだから。さっきはあたし、今夜泊まる宿にお化けが出る噂はないって言ったでしょう。それは本当のことよ。お化けは市松屋さんの方に出るの。もし大家さんも鶴岡八幡宮へ行くって言ったら、叱言を食らうから諦めようと思ってたんだけど、宿で休んでいるそうだから、あたしはそっちへ行くことにしたわ」

「うう……」

今からでも吉兵衛を連れてこようかと忠次はちらりと思ったが、さすがに寝ているところを起こしたら悪い。駄目だ。

「のんびりしてたら晩御飯までに戻れなくなっちゃう。早く行くわよ」

お紺が歩き出した。男の子たちはすぐには追わず、まずは顔を見合わせた。

「一緒に行くのは仕方ないとして、もしその市松屋さんにお化けがいたら、どうすればいいだろう」

忠次が訊ねると、新七がううん、と一つ唸ってから答えた。

「さっきも言ったように、この旅の途中で遭う幽霊には慎重になった方がいいと思うんだ。だから、やっぱり見えていない振りをするしかないね」

「まともな格好のやつなら我慢できるかもしれないけど、もの凄いのが現れたら無理だよ。中身が出ちゃっているのとか」

そんな幽霊を思わず頭に浮かべてしまい、忠次は顔をしかめた。いつものように順番が変わらないのが恨めしい。ああ早く江戸に帰りたいと、遠くを見つめるような目をして考えた。

その忠次の目に、袈裟を身に着けた人影が飛び込んできた。通りの向こう、少し離れた先にある家の陰から体を半分ほど出して、こちらを窺っている僧侶がいる。忠次は大慌てで目を逸らした。

「……ちょっと訊くけど、向こうの家のところにお坊さんがいるかな」

「む?」

新七が何気ない風を装いながらゆっくりと体の向きを変えた。それから周りの景色を眺める振りをしつつ、ちらちらと忠次が言った方へも顔を向ける。そうしてくるりと体をひと回りさせて、元のように忠次へと向き直った。

「お坊さんなんていないよ」

「と、言うことは……藤沢からついてきたんだ」

「それはまずいな」

「どうしたらいいだろう」

「決めた通りだよ。見えていない振りをし続けるしかない」

ひいぃ、と情けない声を出した忠次に、さらに追い打ちをかけるような声が飛んできた。

「ほら、あんたたち、早く来なさいよ」

僧侶がいるのとは反対側の向こうの方にお紺がいて、おっかない形相(ぎょうそう)でこちらを見ていた。

あっちにはお坊さんのお化けがいて、こっちには鬼がいて……。しかも鬼の向かう先にはまた別のお化けがいて……。

何だかもうよく分からなくなった、と嘆きながら忠次はのろのろと歩き出した。

「うちの質屋に顔を出していたくらいだから枡五郎さんはお金がなくてね、それで、この鎌倉で店を出すにあたって、とにかく店賃が安いところを借りたそうなのよ。二階家で、下が飯屋になっていて、住人は上で寝るようになっている、よくある造りなんだけど、その二階にお化けが出るそうなの。実は、そのことは枡五郎さんも初めから承知していたのよ。そこの大家さんによると、結構前からそこの二階にはお化けが棲みついているらしいわ。でも枡五郎さんは独り者だから手回り品も少ないし、夜は店の隅で寝ればいいので二階は使わなくても済むからって借りたのよ。だけど、やっぱり気になるそうなのね。誰もいないのに足音がするから」

市松屋へと向かう道々、お紺がそこに出る幽霊の説明をする。それを忠次は適当に相槌を打ちながら聞き、たまにくるりと体を回していた。もちろん背後を確かめるためだ。旅籠屋を出てからずっと、ちらちらと僧侶の影が見え隠れしていた。

「それに、出るのは二階だけじゃないの。夜になると女のお化けが現れて市松屋さんの周りをぐるぐると回ることがあるのよ。しかも時々その女は中にまで入ってきて、梯子段を上っていくらしいわ。一度、枡五郎さんは女が上がっていった後に梯子段の下から見上げたことがあるそうなんだけど、ちょうど上りきった所で佇んでいる女の後ろ姿が見えたんだって」

そこまで話すとお紺は立ち止まり、四人の男の子たちの方を振り返った。

「……ここがその市松屋さんよ」

大仰な手振りでお紺は脇に建つ飯屋を指し示した。新七、留吉、銀太の三人が、「おお」と声を上げる。そうしないとお紺に文句を言われるからだ。

もちろん忠次もそうしようと思ったが、うまく声が出せなかった。市松屋の周りをぐるぐると回っている女の姿が目に入ったからだった。うっすらと透けているし、裏の方にある板塀をすり抜けているので幽霊なのは明らかだ。

「忠ちゃん、もしかして見えてるの？」

留吉が小声で訊ねてきた。

「うん、いるよ。薄いのが」

多分、夜になるともう少しはっきりと見えるようになるのだろう。昼間にもしっかりいるが、枡五郎さんという人は気づかなかったようだ。しかし、それでも夜にはあれが分かったということは、枡五郎さんは、元々そういうものが見えてしまう力を持っているに違いないな、と忠次は思った。そして、本当なら自分にはその力がないはずだ。お多恵ちゃんのせいで見えているだけである。まったく迷惑な話だ。

「ふうん、やっぱりいるのか。足音が聞こえるような気がするから訊いたんだけどさ。ただ、常に聞こえているわけじゃないから自信がなかったんだ」

「俺も匂いを感じる」新七も口を開いた。「ただ、嫌な臭いじゃない。これは線香の匂いだ」

「それは、あのお坊さんのお化けから出ている匂いじゃないの」

忠次は言いながら、横目で僧侶の幽霊の方を窺った。やはりしっかりと忠次たちの後についてきており、少し離れた場所に建つ家の陰にいてこちらへと顔を向けていた。

「いや、あのお坊さんの幽霊が通り過ぎた時は、本当にかすかな匂いしかしなかったんだ。今はそれより強い」

「それじゃ、あの女の人から感じ取っている匂いなんだろうね。しかし、線香か。その匂いがするってことは、一応はちゃんと弔われているんだろうな」

それでも恨みや未練があれば化けて出る。幽霊とはそういうものだ。

「お坊さんだけじゃなく、あの女のお化けにも気づかれないようにしなきゃいけないんだろう。市松屋さんの二階にはまた違うのがいるみたいだし……」

中に入るのは嫌だな、と忠次が思っていると、お紺と銀太がさっさと店の中に入っていってしまった。

仕方ないよという風に首を振りつつ、新七と留吉も市松屋の戸口をくぐった。得体の知れない僧侶の幽霊と飯屋の周りを回る女の幽霊に挟まれながら一人で待っているのは嫌だと、忠次も慌てて市松屋の戸口へと向かった。

三

「いやあ、お紺ちゃん、久しぶりだねぇ。どうしたんだい、急に」

市松屋の中に入ると、枡五郎が驚いた顔でお紺を迎えていた。狭い店で、それにまだ晩飯時まで間があるせいか、客は一人もいなかった。

枡五郎という人は、年は三十過ぎくらいで、呑気そうな顔つきをした男だった。元から知っているせいか、お紺もよそ行きの態度ではなく、いつもと同じような口ぶりで答えた。

「物見遊山（ものみ）のついでに、ここに出るっていうお化けの見物に来たのよ」

「お紺ちゃん、いったいどうやってそのことを知ったんだい」

「磯六さんに聞いたのよ。うちの常連同士で、枡五郎さんとは仲が良かったでしょう」

「ああ、なるほど。そういえば前に用があって江戸に赴いた時、ついでに磯六さんと会って一緒に酒を飲んだんだが、その時にここに出る幽霊の話をした覚えがあるな。お紺ちゃんはその話を聞いて、お仲間を連れてやってきたってわけか」

枡五郎は男の子たちへと目を向けた。四人は揃って会釈をした。

「ふむ。しかし、わざわざ来てもらったのにすまないが、必ずしも幽霊が出るわけじゃないし、出るとしても夜なんだよな。それでも構わなければ、お客が来ないうちなら好きに見て回っていいぞ。俺は店の仕込みをしているからな」

「それじゃ遠慮なく」

お紺が店の奥へと向かっていった。上がり口があり、その先に梯子段があるのが見える。二階で足音がするという話を聞いているので、さっそくそこへと向かうらしい。

銀太がお紺の後ろからついて行く。留吉と新七も、あまり乗り気ではない様子でのろのろと続いた。おいらも行かないと後で文句を言われるのだろうな、と思いながら、忠次も仕方なく足を踏み出した。

だが、その足を下ろしたところで動きを止めた。前にいる留吉と新七が同時に、勢いよく振り返ったのだ。

初めは自分の方を見たのだと忠次は思ったが、それは違った。留吉と新七の目は忠次を通り越して、その後ろへと注がれている。

最後に店に入ってきた忠次は、そのまま戸口のそばで立ち止まってお紺と枡五郎の話を聞いていた。だからすぐ背後には閉じられた腰高障子（こしだかしょうじ）がある。二人はそれを見ているのだ。

「どうしたの？」

二人に訊きながら、忠次は振り返った。

甘かった。この二人のことだから、何かを感じたのだと気づくべきだった。それに思い当たる前に、何気なく動いてしまった。

振り返った忠次の目の前にある腰高障子に女の顔がぬっと浮かび上がった。続けて肩、胸と見えてくる。外を回っていたあの女の幽霊が、戸口をすり抜けて中に入ってきたのだった。

「うわっ」

見えていない振りをするなんてことは無理だった。忠次は叫び声を上げながら尻（しり）もちをついた。

しかし女の幽霊はそんな忠次には目もくれずに脇をすり抜けた。

女はそのまま留吉と新七の間を通り抜けていく。二人にはその姿が見えていないだろうが、線香の匂いと足音で気配は感じ取っているようだ。女の動きに合わせて顔が動いていく。

忠次が急に大声を出したので、お紺と銀太は立ち止まってこちらを怪訝そうに見ている。女の幽霊はその二人の横も通り抜け、奥にある梯子段を上っていった。

女の姿が見えなくなるのとほぼ同時に、留吉が顔を上に向けた。円を描くような感じで天井を見回している。おいらには分からないけど、留ちゃんの耳にはあの女の幽霊とは別の何者かが二階を歩き回っている足音が聞こえているのだろうな、と忠次は思った。

「あんたたち、何か感じたんでしょう。正直に言いなさい。お化けはどこにいるのよ」

お紺が訊いてきたので、忠次は黙って人差し指を上に向けた。「二階か」と一声漏らし、お紺は勢いよく梯子段を上っていった。

「あたしには見えないわよ。あんたたちも早く来て、お化けがどこにいるか教えなさいよ」

すぐにお紺の声が二階から降ってきた。役に立たない銀太だけがそちらへ向かったが、忠次、新七、留吉の三人は動かずに顔を見合わせた。明らかに三人とも、お紺のことを「なんて面倒臭い人なんだ」と思っている様子だったが、言っても仕方ないことなので誰も口を開かなかった。ただ、揃って肩を竦めただけだった。

「……あ、錫杖の音」

尻もちをついたままだった忠次が立ち上がろうと前かがみになって手を突いた時、留吉が小さく、しかし鋭い声で呟いた。さっきの女の時とは違い、今度は忠次も用心することができた。戸口の方を振り向かず、俯きがちに目を伏せる。

背後からやってきた僧侶の足が忠次の目に入った。その足は忠次のすぐ横で止まった。上から見下ろされている気配がある。しかし忠次は我慢して、そのままじっとしていた。

しばらくすると僧侶の足が再び動き出して、梯子段の方へ向かっていった。

「上がっていったみたいだよ」

留吉が小声で告げる。ようやく忠次は、ふう、と息を吐き出して顔を上げた。

「参ったな。女の人とお坊さん、それと正体の分からない足音の主と、お化けが二階に集っている」

お紺も含めて、恐ろしいものが四人もいるわけだ。これは何としても二階に上がるのは避けたいと思いながら忠次は立ち上がった。

「……ほら、三人とも早く来なさいよ。それと枡五郎さん、ここの襖が開かないんだけど」

二階でお紺がわめいている。

「相変わらずお紺ちゃんはうるさいな。ほら餓鬼ども、近所迷惑だから行くぞ」

枡五郎に促されてしまった。新七と留吉がのろのろとした足取りで梯子段を上がっていく。それでも忠次は、自分だけはここに残ろうと考えていたが、枡五郎に後ろへ回り込まれてしまった。背中を押されて梯子段の方へと歩かされる。

堪忍してくれないかな、と思いながら梯子段を上がった。二階はふた部屋ある造りになっているようだった。まず、隅に梯子段がある手前の部屋。そしてその奥にもうひと部屋だ。幽霊を含めて、先に二階に上がっていった者たちはみな、手前の部屋に集まっていた。

「ここの襖が開かないのよ」

奥の部屋に続く襖の前でお紺が口を尖らせている。その横に銀太がいて、引手に指を掛けて襖をがたがたと揺らしていた。新七と留吉は邪魔にならないようにと考えているのか、部屋の端の方に寄っている。

女の幽霊はお紺のすぐそばにいて、閉じられた襖の方を向いて立っていた。忠次からは後ろ姿しか見えなかったが、肩を揺らしている様子が見て取れた。声は聞こえないが、きっと泣いているのだろうな、と思った。

僧侶の幽霊も近くにいて、その女の幽霊に向かって手を合わせていた。口がごにょごにょと動いている。どうやら経を唱えているらしい。目を閉じているので、相手に悟られることなく忠次は僧侶の顔を見ることができた。老僧だった。

それにしても面白いな、と少し感心しながら忠次は幽霊たちを眺めた。女の幽霊に対して経を上げているのは、成仏を願ってのことだろう。しかしそうしている僧侶も幽霊なのだ。奇妙な光景である。

間違って自分の方が成仏しちゃう、なんてことはないのかなと思いながら、忠次は襖へと目を向けた。こちらにも気になる点があった。襖のあちこちに、四角くて黒いものがうっすらと浮き上がっているのが見えるのだ。

あれは御札(おふだ)だな、と忠次は感じた。襖の向こう側にぺたぺたと貼(は)られているのが自分の目に見えているのだ。

多分、あの女の幽霊は襖の向こうへ行きたいのだ。しかし御札に阻(はば)まれて、下の戸口のようにすり抜けることができないのだろう。

「いやあ、そこの襖はここを借りた時から開かないんだよ」

枡五郎が呑気そうな口調でお紺に告げた。夜ではないからか、枡五郎も他の者と同じように幽霊たちの姿が見えていないようだ。

「襖の木枠同士を小さい釘で止めてしまっているんだ。俺が借りる前から、その部屋では誰もいないのに足音がしたみたいでね。大家さんが部屋中に御札を貼るなどしたそうなんだが、それでも治まらないものだから、入れないようにしちまったらしい」

「ふうん……向こうの部屋も見たいのに、残念だわ。蹴破っちゃおうかしら」

お紺がそう言いながら襖を撫でさすった。真面目な顔つきをしている。本当にやってしまいそうだと忠次ははらはらした。

「さすがにそれはやめてくれよ」

枡五郎が苦笑いを浮かべながらお紺に言っている。その様子を眺めていると、横の方で何かが動いたような気がした。何だろうと思って忠次がそちらへと目を向けた。留吉がこちらに向かって手招きしていた。

「どうしたの？」

そっと近づいて小声で訊ねると、留吉は「小さい子供だ」と忠次に耳打ちしてきた。

「さっき向こうの部屋から『お母ちゃん』という声がしたんだ。おいらたちよりずっと幼い男の子の声みたいだった。思い出してみると、さっき下にいる時に聞いた足音も、小さい子供が部屋を走り回るような感じだったよ」

「へえ」

忠次は目を襖へと戻し、それから女の幽霊の方へと移した。三十手前くらいの、留吉が言うくらいの小さい子供がいそうな年回りの女だった。母子だろうな、と忠次は思った。

「……枡五郎さん、ちょっと訊きたいんだけど、この向こうの部屋で小さい子供が亡くなったことがある、なんてことはないかな。ここの大家さんから何か聞いてませんか」

「ああ、いや……」

枡五郎が口ごもった。何か知っているようだ。

「もし、おいらたちが子供だからと思って話していないのだったら、その気遣いは無用だよ。子供が殺された家に入ったことがあるし、大人のものだけど死体を見つけたこともあるんだ。別に向こうの部屋で小さい子供が亡くなったことがあったとしても、それで怖がったり、気分が悪くなったりすることはないからさ」

「……さすがお紺ちゃんが引き連れているだけのことはあるな。それなら話してやるが、確かに昔、この向こうの部屋で小さい子供が死んでいる。ずっと前の話で、俺も大家さんから聞きかじっただけなんだが、親子心中らしいな。亭主がかなりの借金をしたまま姿をくらまして、後に残された女房が子供を刺し殺して自分も死んだんだよ」

「二人ともここで亡くなったのかな。もしかして、母親の方は別の場所で死んだんじゃないの」

「あ、ああ……」

枡五郎が忠次の顔をまじまじと見つめてきた。少し薄気味悪く思っているようだった。

「……その通りだよ。子供を刺し殺した後で、自分も刃物で死のうとしたんだが、死にきれなくて、結局母親の方は川だか海だかへ飛び込んだと聞いている。しかし小僧、お前どうしてそのことを……」

やっぱりそうか、と思いながら忠次は襖を見た。母子は別々の場所で死んでいる。もしかしたら弔われている場所も違うのかもしれない。それで、逢うことができないでいるのだ。

母親の霊は子供を迎えにここまではたどり着いたが、襖に貼ってある御札に阻まれて中に入れないでいる。子供の方も御札のせいで部屋から出られない。多分、そんなところだろう。

ううん、と唸りながら忠次は襖の木枠を見た。確かに釘で止められている。次に鴨居や敷居、横の柱に目を向けた。こちらには釘が打たれている様子はない。四枚ある襖のうちの二枚ずつをくっ付けて開かなくしただけで、周りへ打ち付けているわけではないようだ。

それなら、と忠次は襖に近づき、木枠と引手を両腕で挟むようにして上へ持ち上げた。それで少し襖が浮いたので、すぐさま足で襖の下の方を蹴りつけた。

左側の二枚の襖がいっぺんに外れ、向こうの部屋に入れるようになった。

「あら忠次ちゃん、随分と器用ね。あんた泥棒に向いているかもしれないわよ」

お紺が感心したような口調で言った。

「いや、おいらは桶職人になるつもりで……あれ？」

何かが落ちるような音がしたので見ると、襖の木枠に打ってあった釘が何本も転がっていた。下の方から外したので、襖が忠次に寄りかかるような形になっている。斜めになったことで、襖自体の重みのせいで少し歪むが、それで釘が外れたようだ。軽く打ってあっただけで、実は楽に引き抜くことができたらしい。

　釘がすっかり抜けてつながりがなくなったので、一緒に外した二枚のうちの片側が床に倒れた。それを押さえようと忠次は腕を伸ばしたが、そのことで姿勢が低くなり、体で支えている方の襖がずずっと滑って倒れ込んでくる。「あれ、あれ？」と言っているうちに、いつの間にか忠次は襖の下敷きになっていた。

「……ねえ、いったいどうすればそんな亀みたいになるのよ。無様なほど不器用ね。それで一人前の泥棒になれるなんて思ったら大間違いよ」

「いや、だからさ、おいらは桶職人に……」

「いいから黙って、そのままでいなさい。無理に動くと襖が破けたり、中の骨組みが折れたりするから」

　床に倒れた方の襖をお紺と銀太が力を合わせて持ち上げた。きっとそれをどかしてから自分を助けてくれるのだと思い、忠次はじっとしていた。ところがお紺と銀太は、持ち上げた襖を忠次の上に載っている襖に重ねてしまった。

「あの……お紺ちゃん？」

「ああ、これで通れるようになったわ。ふむ、まあごく当たり前の部屋ね。何もないからすっきりしていていいわ」

　忠次の顔の横をお紺の足が通り、奥の部屋へと入っていった。銀太の足、その後に女の幽霊の足、そして僧侶の幽霊の足が続いた。襖一枚分の間ができたことで、幽霊も御札の邪魔をされずに部屋の中に入れるようになったようだ。これで母子が逢える、よかった、よかったと忠次は襖の下に這いつくばったままで思った。

「どれどれ。うん、別に破れてないし、骨組みも折れてないな」

　枡五郎が忠次の上に載っている襖を横にどかした。落ちている釘に気をつけながら忠次は立ち上がる。それから、御札によって閉じ込められてしまっていた子はどんな顔をしているのだろうと、奥の部屋へと目を向けた。

　お紺、銀太が中にいる。僧侶の幽霊も立っていたので、忠次は慌てて目を逸らした。横を通り抜けて入っていったはずの女の幽霊、そして中にいるはずの子供の幽霊の姿はなかった。

「さあ忠次ちゃん、正直に教えなさい。この部屋から聞こえる足音の主は、今はどの辺にいるのかしら」

　お紺が訊いてきた。忠次は静かに首を振った。

「おいらには見えないよ」

「嘘でしょう。あんたなら分かるはずよ」

「本当だよ」

僧侶の幽霊はしっかり見えているが、それは足音の主ではない。

多分、ようやく出逢えた母子の霊は手を取り合って、本来自分たちがいるべき場所へと向かったのだろう。

よかった、よかったと思いながら、忠次は奥の部屋から顔を背けた。僧侶の幽霊がじっと自分を見つめている気配を感じた。

四

「せっかくこのお紺さんが足を運んだっていうのに、結局襖を外しただけで終わっちゃったじゃないのよ。こんなことなら鶴岡八幡宮へ行った方がよかったわ」

市松屋を後にして旅籠屋へと戻る道々、ずっとお紺が文句を言い続けている。下手なことを言うととばっちりを食らうが、まったく相手をしないとますます機嫌が悪くなるので、四人の男の子たちはお紺の愚痴（ぐち）に相槌を打つ人の順番を作り、交代で相手をしていた。

今は銀太がお紺の横についている。忠次と新七、留吉の三人は小声で喋（しゃべ）りながら、少し離れた後ろを歩いていた。

「……うまく誤魔化せたと思うんだけどな」

そう言いながら忠次はくるりと体をひと回りさせて、周囲を素早く見回した。あの僧侶の幽霊の姿は目に入ってこなかった。

「市松屋さんでは一度も目を合わせることがなかったから、おいらは幽霊が見える人ではないと思わせることができた……のかなぁ」

「今はもうついてきてないんだろう。それなら市松屋さんの件で『やっぱりこいつは見えていない』と思ってくれたんじゃないかな」

「新ちゃんはそう言うけどさ、まだ安心できないんだよね。留ちゃんはどう思う？」

「ううん、分からないよ。忠ちゃんの話を聞くとさ、そのお坊さんは『見える』人だからってだけで付きまとっているわけじゃない気がするんだよ。ただ者じゃない気配があるし」

「うん……」

他の幽霊を成仏させようと経を唱える僧侶の幽霊。確かにただ者ではない。

「あとさ、さっき市松屋さんで忠ちゃんは枡五郎さんに、この場所で子供が死んでいないかとか、母親の方は別の場所で死んだんじゃないかとか訊ねていただろう。その時の話をお坊さんのお化けも聞いていたと思うんだよね。だから、おいらは誤魔化しきれていないと思うんだ」

「いや、あのお坊さんは経を唱えていたから……」

「忠ちゃんが話していた時、読経の声がやんだんだ。忠ちゃんは見えるだけだから気づかなかったんだろうけど、おいらには聞こえているからさ」

「うわ……」

それぞれの力が分かれていることの不便さを忠次は感じた。

「とにかくまだ旅は先があるからね。これからも気をつけて歩くに越したことはないよ。むやみに人と目を合わさず、怪しそうな相手には道を譲らず突っ込んでいく。そうしないと、そのお坊さんだけじゃなくて、別の野良お化けに付きまとわれるかもしれないから」

「ああ、もう……」

同じ野良なら溝猫長屋をうろついている野良犬の野良太郎(のらたろう)の方がいい。ああ早く江戸に帰りたいなあと、忠次は暮れ行く鎌倉の夕空を見上げながら思った。

旗本幽霊屋敷　第三夜

一

木戸口を抜けて早朝の溝猫長屋に足を踏み入れると、路地の向こうから野良太郎が走ってくるのが見えた。

わざわざ出迎えてくれるなんて素晴らしい犬だ、と古宮蓮十郎は少し感動しながら腰を落とし、両手を広げて野良太郎がやってくるのを待つ。ところが野良太郎はそんな蓮十郎の脇をすり抜け、背後にいる人の方へと行ってしまった。

「……何だ、俺じゃないのか」

ちっ、と舌打ちして立ち上がり、後ろを振り返る。野良太郎は蓮十郎と一緒に来た「ちんこ切の竜」の周りをうろつきながら、くんくんと鼻を動かしていた。

「見慣れないやつが現れたから挨拶に来たのでしょう」

竜は腰を屈めて手を伸ばし、野良太郎の顎の下の辺りを撫で回した。犬が苦手ということはないらしい。いや、むしろ犬好きのようだ。珍しく表情が緩んでいる。野良太郎の方も、この人は自分を構ってくれる人だと感じたのか、尻尾を忙しなく振っていた。

「あれ、お前はここへ来たことがなかったのか」

「外から見張ったことはありますが、長屋の中に入るのは初めてです」

「どうだいこの溝猫長屋は」

「そうですねぇ……」竜は腰を伸ばし、辺りを見回した。「猫が多いですね」

溝猫長屋を訪れた者が必ず言うことを、やはり竜も口にした。

「まあ、そう言うしかないよなぁ」

蓮十郎も周囲を見渡す。見慣れないやつが現れたから見にきたのは野良太郎だけではなかった。猫たちもあちこちにいて、蓮十郎と竜を眺めている。ただしこちらは、挨拶に来たという雰囲気はない。遠巻きに様子を窺っている感じだ。

「人懐っこいやつもいるんだけどな。まあ、そのうち姿を見せるだろう」

蓮十郎は再び歩き出した。竜と野良太郎も後ろに続く。さらにその後ろを数匹の猫が、少し間を空けてついてきていた。

路地を抜けて、厠や掃き溜め、物干し場、井戸などがある、長屋の奥のやや広い場所へと出る。そこの端に「お多恵ちゃんの祠」が建っているが、その前に弥之助がいて、祠に向かって手を合わせていた。

「ああ弥之助、思った通りここに来ていたか」

声をかけると弥之助は手を合わせるのをやめて顔を上げた。蓮十郎に向かって会釈をし、それから竜に向かって軽く頷いてみせた。

「大家さんとあの連中が旅に出ているから、その祠の水を替えたりするのは誰がやるのかと思っていたが、やはりお前だったな」

この祠は、かつてこの長屋に住んでいたお多恵ちゃんという女の子の霊を慰めるために造られたものだ。お多恵ちゃんは長屋に飛び込んできた乱心者の侍によって斬り殺されてしまったのだが、実はその際、その気になれば逃げることができたのである。だが侍が襲いかかった小さい男の子を庇ったために命を落としてしまった。

その時に助けられた男の子が、今の弥之助である。すでに溝猫長屋の住人ではなくなっているとはいえ、弥之助にはお多恵ちゃんの祠にお参りするだけの理由があるのだ。

「まあ、これまでにも来られる時には子供たちと一緒に手を合わせていましたから」

「お前は昨日、あちこち走り回ったわけだろう。疲れているだろうに、ご苦労なことだな」

弥之助は、これまでにあの旗本屋敷の化け物退治にかかわった者たちの、その後を調べていたのである。僧侶や祈禱師、雲水、武芸者など、様々な者が化け物を退けるために屋敷に泊まっている。坂井市之丞の話では、その中で江戸から離れた者は生きているが、そうでない者は四、五日で命を落としているという。それが本当かどうか確かめに行ったのだ。

「子供たちの命がかかっていますから疲れたなんてことは言えません。それより旗本屋敷の方はいかがでしたか。化け物は退治できましたでしょうか」

蓮十郎は首を振った。

「昨夜は駄目だった。危うく竜のやつと斬り合いを演じるところだったよ。俺の方は今夜に持ち越しということになったが、お前の調べの方はどうだった」

「昨日、とにかく回れるだけ回ったんですけどね。坂井様のおっしゃることは、残念ながら本当でした。浅草にある寺の住職、本所に住んでいた祈禱師、深川で剣術道場を開いていた武芸者など、私が調べに行った人たちはみな、あの屋敷に泊まった数日後に亡くなっていました」

「ふうむ、困った話だな。やはり化け物を退治せぬことには、子供たちは江戸に戻れぬか。しかしそれなら、江戸から離れた者は生きている、という話の方はどうだろうか。そっちは嘘だった、なんてことになったら大変なことになるが」

「私の手下の、『煙草売りの仁』を八王子で道場をやっている男の元へ調べに行かせました。仁はつい先ほど、疲れ切った顔で戻ってきましてね。話を聞くと、こちらはちゃんと生きていて今も門人たちに剣術を教えているとか。だから、江戸を離れれば平気だという話も本当なのでしょう。もちろんまだ安心はできませんので、仁にはその足で武州熊谷にある寺へと向かってもらいました」

「人使いの荒い親分だな。子供たちのことがあるから仕方ないが……おお、いたいた。これがこの長屋で一番人懐っこい猫の、『手斧』だ」

弥之助の足下にいた黒茶の猫を見つけ、蓮十郎は後ろにいる竜の方を振り返って告げた。それから、さっき長屋の入り口でやったように腰を落として、手斧を呼び込もうと両手を前に伸ばした。

なぜか、野良太郎がやってきた。

「……お前、さっきは冷たかったじゃねぇか」

分からぬ犬だと思いながら野良太郎の首の辺りを掻（か）き、蓮十郎は立ち上がった。それから見回すと、一際大きな茶虎（ちゃとら）の猫が、板塀のそばで丸くなっているのが目に入った。

「おい竜、あれは『四方柾（しほうまさ）』だ。ここの親分猫で、いつもは長屋の屋根の上に陣取っているんだが、さすがに冬の朝は寒いから無理なようだな」

「……あの、古宮先生。いちいち猫の名を教えてくれなくて結構ですから。それより旗本屋敷の話を」

「いや、溝猫長屋を訪れることがこの先もあるかもしれん。それなら猫の名を覚えておいた方がいい。大家さんの扱いが良くなる」

「はあ……」

竜が困ったような顔をして弥之助の方を見た。助け舟を出してもらおうと思ったのだろうが、意に反して弥之助は深く頷いた。

「うむ、古宮先生の言う通りだ。覚えると本当に大家さんの扱いが良くなるから。ええと、四方柾の近くで固まっている五匹の猫が見えるな。白黒のが『蛇の目（じゃのめ）』、三毛が『釣瓶（つるべ）』、茶色いのが『石見（いわみ）』、黒いのが『羊羹（ようかん）』、黒い中に所々に白い毛が混じっているやつが『金鍔（きんつば）』だ」

「は、はあ。親分、それは……猫の名なんですかい？」

溝猫長屋の猫の名を聞いた者が必ず言うことを、やはり竜は口にした。

「当然だ。ええと、それから……長屋の縁の下の方で固まっているやつら。白茶が『弓張』で黒くて眉だけ白いのが『玉』、真っ白いのは『菜種』で……」

「あ、あの、親分、待って下せえ。昨夜、古宮先生と一緒に旗本屋敷に泊まった際、これまでのことを色々と聞かされたんですが、ちょっと腑に落ちないことがありまして……」

「お前の後ろから長屋の路地を歩いてきたやつら、あれは『花巻』と『しっぽく』と『あられ』だ。それで、腑に落ちないというのは何のことだ」

「坂井市之丞は屋敷に現れる化け物を退治してもらうために、かつて自らが通った剣術道場の主である古宮先生を捜し出しました。それはいい。しかし先生を捜し回っている途中で溝猫長屋の子供たちが幽霊を感じることができると知った、という話が腑に落ちないのです。化け物退治をしてくれる武芸者を捜している者が、手習に通っている子供たちの後をつけて長屋を訪れるわけがない」

「まあ、そうかもしれないが、あの子供たちもふらふらと出歩いているからな。他の場所で幽霊に遭って騒いでいるところを屋敷の者が見ただけかもしれん。ええと、今は姿が見えないが、この溝猫長屋には他に『筮竹』『柿』『柄杓』の三匹がいる。これで十六匹、すべての名を教えたが、ちゃんと覚えたか。そのうち確かめるからな」

竜の顔が歪んだ。多分、猫の名を適当に聞き流していたのだろう。ええと、確かあれは手斧で、そっちは四方柾で……と必死に思い出そうとし始める。

弥之助はそんな竜を見てにやりと笑ってから、真剣な表情に戻って蓮十郎へと顔を向けた。

「それでは古宮先生、私はもう行きます。今日は四ツ谷や市ケ谷、雑司ケ谷の方にいた僧侶や祈禱師の所を回りますので。一人でも生きていればいいのですが」

「ああ、そこへは行かなくていい。面倒だからその連中は死んだってことにしておこう。それより弥之助、お前は家に帰って休むんだ。そして今夜、俺と一緒にあの旗本屋敷に泊まってくれないか」

「は、はあ。それは構いませんが、いったいどういうわけでしょうか。剣を使って相手と戦うようなことだったら、私より竜の方が役に立つと思いますが」

「坂井市之丞の勧めだ。お前を連れてきたらどうだって言ったんだよ。竜のやつが脚を怪我しているからその替わりってこともあるが、他にもわけがありそうな気がする。それが何かは知らないが」

「はあ、分かりました。それではこの後は体を休め、今夜は古宮先生とともに旗本屋敷に乗り込みます。子供たちが戻ってくるのは明後日だ。明日の晩でも何とかなりますが、悠長なことをしている余裕はありません。今夜で始末をつけてしまいましょう」

弥之助はきっぱりと言い放った。それからお多恵ちゃんの祠の方へ顔を向け、再び手を合わせ始める。その背中には静かなやる気がみなぎっていた。たとえ自分が命を落とすことになっても必ずやり遂げてやる、という気迫が感じられる。

——やはり親分と呼ばれるだけのことはあるな。

蓮十郎は感心しながら弥之助の後ろ姿を眺めた。久しぶりに格好いい男というものを見た気がする。とても気分が良かった。

ただそれだけに、その横で竜が、「あれは羊羹でそれは団子……いや、煎餅(せんべい)……、饅頭(まんじゅう)だったかな」などと呟(つぶや)いているのが残念だった。

二

最初の晩は、蓮十郎は銀太とともにこの旗本屋敷に泊まった。出てきたのは斬りつけても手応(てごた)えのない女の幽霊だった。

二晩目の昨夜は、ちんこ切の竜と一緒だった。この時は大勢の幽霊が現れた。武士もいれば遊女もいたし、商人や隠居風の年寄りの姿も見えた。

三日目の晩である今夜は、いったいどんなのが出てくるのだろうか。もちろんまだ蓮十郎には分からない。それは屋敷に住んでいる市之丞や老僕の余吾平ですら知らないことだ。何しろ化け物退治のために訪れた者の中で、三晩続けて泊まるのは蓮十郎が初めてなのだから。

「見上げるような大入道とかが出てくるかもしれないな。あるいは相撲取(すもうと)りの群れとか」

部屋の隅(すみ)で火鉢に手をかざしながら、蓮十郎は呟いた。もう夜半を過ぎている。いつ化け物が出てきてもいい頃合いだ。いざという時に寒さで手が動かないとまずいので暖めている。

「どうでしょうか。ただ初めの晩と比べると二晩目は相手の数も増えたし、見た目も酷(ひど)くなっていたそうですから、今夜はさらに凄(すご)いのが出てくるのは間違いないでしょう」

蓮十郎の声が聞こえたらしく、庭にいる弥之助が返事をした。あまり刀を使い慣れていないので手に馴染ませようと、屋敷に来てからずっと素振りをしては休み、また振っては休みを繰り返しているのだ。

「何が出てくるにせよ、そろそろでしょうね」

　弥之助は刀を振る動きを止め、部屋へと上がってきた。火鉢を挟んで蓮十郎と向き合って座り、やはり同じように手をかざした。

「しかし、旗本屋敷というからどんなに凄いのかと思っていたら、案外と質素ですね。布団もやけに粗末ですし」

　弥之助が部屋の隅に目を向けた。今夜は二人とも起きているつもりなので布団は丸めて置いてある。二晩続けて駄目にしてしまったので、市之丞は今夜、どこかから借りてきたらしい汚い布団を用意してきたのだ。

「それにとても静かだ。もう少し人の気配があるのかと思いましたが」

「旗本と言っても色々だからな。微禄だから布団も大事に使うし、雇い人も少ない」

　さらに今夜は何が起こるか分からないと、女中だけでなく男の奉公人も逃げていったらしかった。厄介叔父の坂井鉄之進とその取り巻きはいつも通りどこかへ遊びに出ていったから、蓮十郎と弥之助の他に屋敷内にいるのは病に臥せっている当主の坂井平十郎、その弟の市之丞、屋敷の老僕の余吾平だけのようだ。

「お蔭で使える部屋がまた増えたけどな」

初めは屋敷の一番奥に位置する二部屋だけだったが、昨夜はそれに二部屋が加わった。そして今夜は、その隣にある部屋も使っていいと市之丞から言われていた。

「明日になったらまた増えるかもしれないな。もちろん今夜で終わらせる気だが」

蓮十郎はそう言いながら部屋の中を見回した。昨夜のままになっているので、四つの部屋の境にある襖が二枚ずつ重ねて柱側へと寄せられている。その向こうの、今夜使うことを許された部屋は、来た時に軽く覗いただけですぐに襖を閉めて、今もそのままになっている。

「あの襖も開けておいた方がいいな。それから庭に面している側の障子戸も」

昨夜と同じように月明かりだけで戦うつもりだった。蓮十郎は立ち上がり、閉じられている襖へと歩み寄った。

開ける前に向こう側の気配を探る。人がいるような気配はまったくなかった。だが自分たちが相手にしているのは人ではない。蓮十郎は下げ緒を解いて刀を腰から外した。そして引手に鞘の先をかけて、ゆっくりと襖を開けた。

目を動かして部屋の中を覗く。人も、人ではないものの姿もなかった。

部屋に入り、今度は障子戸へ近づく。月明かりに照らされた障子紙には何も映っていない。向こう側に人がいないのは確かだ。

しかし安心はできない。一晩目の時は、影があるのに開けたら何もいなかった。それなら反対に、影がないのに開けたら目の前に立っていた、なんてことだって十分にあり得る。

用心するに越したことはない。自分はここにいたままで、弥之助に庭の方から障子戸を開けてもらおう。蓮十郎はそう考え、声をかけようと弥之助の方へ顔を向けた。

その時、蓮十郎の目の端で何かが動いた。障子に人影が映ったのだ。それはあっという間に障子戸の向こう側を走り抜けていった。

蓮十郎はそちらを向くと同時に刀を抜いて構えたが、その時にはもう影は消えていた。しかし何とか影の形を捉えることができた。

「古宮先生、どうかしましたか」

二つ向こうの部屋にいる弥之助が声をかけてきた。影はそちらの部屋の方へと走っていったのだが、弥之助は何も感じていないようだった。蓮十郎は障子戸を睨みつけたままで答える。

「今、障子の向こうを影が通った。まずいぞ。俺たちにとって、最も恐ろしい相手が現れたかもしれない」

「は？」

弥之助が素早く立ち上がった。そちらの部屋の障子戸は開け放たれているので、そこから首を出して庭をきょろきょろと見回す。それから「今は何もいませんぜ」と言いながら蓮十郎のいる部屋の方へ向かってきた。

「何が現れたんですか。俺たちにとって最も恐ろしい相手ってのは？」

「うむ、それは……」

蓮十郎が口を開きかけた時、弥之助の背後を人が走り過ぎた。それは庭の方から火鉢の置かれている部屋に入ってきて、北側の部屋へと抜けていった。

弥之助にもその足音が聞こえたらしく、勢いよく振り返った。だがその時には部屋を通り抜けてしまって、相手の姿を見ることはできなかったようだ。再び蓮十郎の方を向いた弥之助の顔には戸惑いの表情が浮かんでいた。

もちろん蓮十郎の方は、相手の正体をはっきりと見ていた。

「……子供だよ」

女の子だった。年は十くらいか。あるいはもう少し上かもしれない。脛（すね）まで見えるつんつるてんの着物にはあちこちに継ぎが当たっていた。貧乏旗本とはいえ、武家屋敷にいるような女の子には見えなかった。

「子供って……古宮先生、嫌ですよ、私は。たとえ幽霊であっても子供を相手に戦うのは」

「俺だって嫌だよ。だが、相手はこの世のものではない。それに子供の姿をしているだけで本当の正体は違うかもしれないじゃないか。そう考えて、嫌であっても倒すしか……」

蓮十郎はそこで言葉を止めて、目を隣の部屋の方へ動かした。今、蓮十郎がいる場所の北側にある部屋だ。そこもまだ襖が閉じたままになっているが、その向こう側を何者かが走り回っている足音が耳に入ってきたためだ。

さっき聞いたばかりの、軽い足音だった。あの女の子が隣の部屋を走り回っている。

「弥之助、覚悟を決めろよ。斬るのは俺がやってやる。お前はそこの襖を開けろ」

「うう……」

弥之助は顔をしかめながら引手に指をかけた。そして、畜生、と叫びながら襖を勢いよく開け放った。

蓮十郎は部屋に飛び込んだ。しかしそこにはもう女の子の姿はなかった。西側の襖がわずかに開いていて、その向こうから走り去っていく足音が聞こえてきた。

「弥之助、お前は南側から回って火鉢のある部屋まで行け。俺は北側を通ってそこへ行く」

蓮十郎はそう告げると、わずかに開いている襖へと近づいた。弥之助が南側の部屋を通っていく音を聞きながら、その襖の向こう側を覗き込んだ。

女の子が向こうの部屋の襖の陰(かげ)に消えるところだった。姿が見えなくなる寸前に振り返り、蓮十郎に向かってにこりと笑いかけた。まるで蓮十郎がそこまで来るのを待っていたかのようだ。可愛(かわい)らしい笑顔だった。

女の子が入っていったのは屋敷の一番奥の部屋だ。そこから先へは火鉢の置いてある部屋へと回るしかない。もう弥之助はそこに着いているだろうから挟み込むことができる。

——あいつには子供を斬るなんてことはできないだろうが……。

それでも立ちはだかって留(とど)めておくことくらいはできるだろう。そう思いながら女の子が消えた部屋に飛び込み、そこから火鉢のある部屋へと入った。

弥之助が部屋の真ん中に突っ立っている。こちらに背を向け、庭の方を眺めていた。女の子を見ているのだ。いつの間にか庭に下りていた女の子は、にこにことした笑顔をこちらへと向けていた。

蓮十郎は弥之助の横をすり抜けた。そのまま障子戸のところまで進んだ時、女の子が急にぺこりと頭を下げた。

実は蓮十郎の心の中にも、女の子を斬るべきかどうか迷いがあった。だが、そのお辞儀を見た瞬間に迷いは消えた。蓮十郎は手にしていた刀を腰の鞘へと収めた。

女の子は頭を上げると、目を庭の隅の方へ向けた。土蔵の方を見ているようだった。しばらくそうしてから顔を戻し、またにこにことした笑みを浮かべながら、蓮十郎と弥之助に向かって手を振った。そして、ゆっくりと月明かりに溶けるように消えていった。

蓮十郎はしばらくの間、呆然（ぼうぜん）と立ち尽くしていた。あの女の子は何者なのか、なぜこの屋敷に現れたのか、何が言いたくて出てきたのか、笑みを浮かべて消えたのはなぜか……。とにかく分からないことだらけだった。

ううん、と唸（うな）りながら蓮十郎はかぶりを振った。いくら考えても答えが出てきそうにない。

「……駄目だ、俺にはわけが分からん。おい弥之助、お前は……いや、お前でも無理だろうな」

そう言いながら蓮十郎は後ろを振り返った。そして、はっと息を呑（の）んだ。

弥之助は泣いていた。声も立てず、ただ静かに涙を流していた。

——ああ、そういうことか。

弥之助の涙を見た瞬間、あらゆることが一度にすっと腑に落ちる不思議な感覚を味わった。

蓮十郎はすべてを悟った。ちんこ切の竜が疑問に思っていた、どうして市之丞が溝猫長屋の子供たちのことを知ったのかということの答えも、昨夜と一昨夜に現れた幽霊たちがどういう死に方をしたかということも、この屋敷に巣食う本当の物の怪の正体が何者であるかということも、一気に飲み込めた。もちろん、あの女の子の正体もだ。

「すいません、みっともないところをお見せして」

弥之助が恥ずかしそうな笑みを浮かべながら涙を拭った。

「いや、構わねぇよ。いくらでも泣くがいい。三十年振りくらいに会えたんじゃねぇか。自分の命の恩人によ」

「……どうして分かったんですかい。古宮先生は顔を知らないのに」

「格好いい男の中の男である弥之助親分さんが、一目見ただけで涙を流す相手なんて一人しか浮かばねえよ。それにしても、思っていたより可愛らしい感じの女の子だったな。それなのに他の子を庇うために刃物の前に飛び出したなんて驚きだ。本当に感心するしかないな、お多恵ちゃんって子にはよ」

「ええ、その通りです。だから、もし会えたらお礼を言おうとずっと思ってたのに、実際に顔を見たら泣くことしかできなかった。まったくみっともない」

「お礼なら祠にお参りするたびに言ってるだろうよ。お多恵ちゃんは分かっているよ。だから構わねぇ。気の済むまでここで泣いてろ。その間に俺は、市之丞と余吾平を叩（たた）き起こしてくるからよ」

蓮十郎は庭に目を移して、お多恵の幽霊が消えた辺りを眺めた。それから弥之助に歩み寄り、肩を軽く叩いてから市之丞の部屋へと向かった。

三

その昔、刀を手に長屋に飛び込んできて、お多恵を斬り殺した男とは、市之丞の叔父の坂井鉄之進であった。

酒に酔って正体を失（な）くしたことが原因だ。鉄之進はとにかく酒癖（さけぐせ）が悪い男だった。その頃はまだ二十歳そこそこの若者だったが、お多恵の件の他にも、酔った勢いなどで幾つも刃傷沙汰を起こしていた。

それらはすべて、当主だった鉄之進の父親が握り潰していた。だが鉄之進が三十になった年に父親が亡くなり、兄が家督を継ぐと風向きが変わった。いちいち握り潰すのは面倒だから、鉄之進を閉じ込めてしまおう、ということになったのだ。

かくして鉄之進は屋敷内に幽閉された。その場所は、お多恵の幽霊が消える前に目を向けた土蔵だった。そこに座敷牢を作り、鉄之進を世の中へ出さないようにしたのだった。

この幽閉期間は実に十数年に及んだ。再び鉄之進が表を歩けるようになったのは、ほんの五年ほど前のことだ。これも当主の交代がきっかけだった。

鉄之進の兄が亡くなり、その長男が家督を継いだ。これが今の当主の平十郎である。この平十郎は優しいというか、かなり甘い男で、閉じ込められて不自由な暮らしをしている叔父のことを子供の頃からずっと気の毒に思っていた。それで、自分が当主となったのと同時に鉄之進を解き放ったのだった。

自由になった鉄之進は、また日夜遊び歩くようになった。ただ前と違って正体を失くすまで酒を飲み続けることはなくなった。年を取ったせいもあるだろうが、また幽閉されては敵わないと慎重になったことの方が大きかった。だが、だからと言って鉄之進の手にかかって殺される者がいなくなったというわけでもなかった。酒の量は減ったが、代わりに博奕（ばくち）に手を出すようになったのだ。その金を作るために、あちこちで人を斬っては懐（ふところ）のものを奪っていた。

「……という風に俺は考えているのだが。細かい部分は怪しいが、おおざっぱなところは当たっていると思うんだよな。どうだい、余吾平」

どうせ市之丞は何も答えないだろうと考えて、老僕の余吾平の方に訊（たず）ねた。余吾平はしばらく市之丞の顔色を窺っていたが、やがて「へい」と答えた。

「細かいところも合っております。ただ、足りないところがある。土蔵に閉じ込められていたのは鉄之進様だけではございません。かつて鉄之進様の手で殺された者たちの霊も封じ込めていたのです。偉い行者様（ぎょうじゃ）をどこかから呼んできて、そうするように頼んだと聞いております」

「へえ、本当かね。そんなことができるものなのか、にわかには信じがたいが」

「古宮様は、昨夜たくさんの幽霊に襲われました。その正体は何だと考えていらっしゃいますか」

「それこそ、かつて鉄之進に殺された者たちだろう。最近になって殺された者たちの霊も含まれているだろうが」

「その通りです。そして、この屋敷に幽霊が現れるようになったのは五年ほど前からなのです」

「鉄之進と一緒に出てきたと考えると確かに時期が合うな。今の当主も気の毒に。自分が解き放った幽霊の障り（さわ）で、病に臥せるようになってしまった。当主の妻が命を落としたのも多分その障りのせいだな。恐らく当主もこのままだと亡くなるか、あるいは病を理由に隠居するかになるだろう。いずれにしろ子供がいないから家督は市之丞が継ぐようになるわけだ。親戚（しんせき）から養子を迎えるという手もあるが、こんな幽霊屋敷に誰も来たがらないだろうから。さて、ここからは市之丞の話だ……」

もし坂井家の当主になったら、兄の身に起きているような障りが自分にも降りかかってくるだろうと市之丞は考えていた。それを避けるために、市之丞は叔父である鉄之進の命を取ろうと画策し始めた。そもそもの原因はこの叔父なのだから、死んでくれれば屋敷内に現れる幽霊たちも消えるに違いないと思ってのことだった。

だが鉄之進の方も警戒し、腕の立つ用心棒を連れ歩くようになった。土居久三郎と篠山隼太だ。この二人は金目当てで人を襲うことも鉄之進と一緒に行っていた。

市之丞自身も剣の腕はかなりのものだが、それでもこの二人には敵わないと感じた。大勢で襲いかかればさすがに勝てるだろうが、することは人殺しなのだから、秘密裡に事を運ぶ必要がある。派手なことはできなかった。

そこで市之丞が考えたのが、かつての剣術の師匠で恐ろしいほどの剣の技量を持つ古宮蓮十郎を使うことだった。しかし残念なことに剣術道場はとうに潰れていて、蓮十郎の行方は分からなくなっていた。

「……ところが、市之丞はたまたま俺を見つけることができた。溝猫長屋の方から俺にたどり着いたんだよ。屋敷内の幽霊を消すには鉄之進を殺してしまうのが一番だと市之丞は考えたわけだが、一方で霊たちを供養して成仏させるというまともな手も打とうとしていた。ただ、そのためにはこれまでに叔父の鉄之進がしでかしてきたことを調べなければならない。供養するには殺した相手がどこの誰か分かった方がいいからな。そうして市之丞は、自分が生まれるはるか前に起こったお多恵ちゃんの件を知った。そしてさらに、今の溝猫長屋のことを調べているうちにお多恵ちゃんの祠のことや幽霊を感じることができる子供たちのことを知ったんだ。その子供たちの手習の師匠が俺だったってことだな。余吾平、ここまではどうだい」

「はあ、だいたいその通りです」

「うむ。つまり市之丞が本当に退治したかった、この旗本屋敷に巣食う物の怪とは、叔父の坂井鉄之進のことだったんだ。しかし正面切って俺にそれを頼むことはできない。もし殺しがばれてしまい、それが市之丞の依頼だということになったら、坂井家の存続が危なくなってしまうからな。あくまでも俺が勝手に鉄之進を殺したことにしなければならない。だから細かいことまでは教えなかったんだ。しかしそうすると、真の物の怪の正体は鉄之進だと突き止める前に俺が逃げ出すなんてこともあり得るかもしれない。それを避けるために市之丞は、溝猫長屋の子供たちを巻き込んだんだ」

　蓮十郎は市之丞を睨みつけた。しかし市之丞はまったく動じることなく、蓮十郎に向かってにこりと微笑んだ。

　当然だった。ここまで完璧に、市之丞の思惑通りに進んでいるのだ。もしかしたらここで蓮十郎が睨みつけることまで市之丞はあらかじめ分かっていたのかもしれなかった。

　これ以上この腹の立つ男に付き合うのは御免だと思ったが、子供たちのことがあるから、蓮十郎はこの先も市之丞の思惑に乗っていくしかなかった。

「とりあえず頼まれた物の怪の退治の方は、きっちり片付けてやるよ」

お多恵ちゃんを殺した男だ。いずれにしろ鉄之進の始末はつけねばなるまい。市之丞の方はそれが終わった後だ。覚えてやがれ……と蓮十郎は再び市之丞を睨みつけた。

四

溝猫長屋の一番奥にあるお多恵ちゃんの祠の前に、弥之助が跪いている。目を閉じ、手を合わせ、こうべを垂れた姿勢だ。そうして、もう随分と長いこと祠に向き合っていた。

――まあ、無理もないよな。

その弥之助の背中を少し離れた場所から眺めながら、蓮十郎は小さく頷いた。お多恵は弥之助の身代わりとなって命を落とした娘である。昨夜はそのお多恵の姿を、実に三十年ぶりに目にしたのだ。さらに、そのお多恵を斬った男の正体まで判明した。きっと弥之助は、お多恵に謝り、礼を言うとともに、その敵を取ることを誓っているに違いない。

――そのためには、俺と弥之助、それともう一人必要だな。

坂井鉄之進だけでも十分に強いのに、土居久三郎と篠山隼太という腕の立ちそうな取り巻きが二人もついている。恐らく鉄之進は市之丞が自分の命を狙っていることに気づいて、それで連中を雇ったのだろう。どんなに強くても、酔っ払った時に寝首を掻かれるということもあり得るから、その時のための用心棒だ。

弥之助がそのうちの一人を、そして蓮十郎が二人を相手にするということはできる。それでも負けないくらいの自信を蓮十郎は持っている。だが、土居と篠山が盾となって鉄之進を逃がしたら厄介だ。長屋の子供たちの件があるので、間違いなく仕留めなければならない。

――そうなると、あいつも連れていくことになるが……。

蓮十郎は弥之助から目を離し、長屋の路地にいる「ちんこ切の竜」を見た。小石川(こいしかわ)の坂井家から麻布(あざぶ)に戻った後、休んでいた竜を叩き起こしてここまで一緒に連れてきたのだ。来る道々、旗本屋敷で起こったことはざっと話してある。

話を聞いた竜は、親分のためなら幾らでも力になります、と頰(ほお)を引き締め、力強く領いた。そして弥之助とともにお多恵ちゃんの祠に手を合わせたのだが、弥之助が一向に動こうとしないので、今は路地まで退いて、必死に猫の名前を覚えようとしているところだ。「お前は確か、蛇の目だったよな」と猫に話しかけている声が聞こえてくる。

——心配があるとすれば、やつの脚の怪我だ。

自分が負わせた傷である。具合はどうだろうと思いながら蓮十郎は竜の足下を見た。ちょうど黒猫がすり抜けていくところだった。驚いた竜は文字通り跳び上がり、それから「びっくりさせるなよ、饅頭」と離れていく猫に向かって言った。

「羊羹だよ」

蓮十郎は声をかけた。どうも菓子の名前がついた猫を覚えるのが苦手なようだ。

「ああ、そうでした」竜が振り返って笑みを見せる。「ですが、他のは覚えましたよ。この路地にいるのは四方柾に蛇の目、弓張……井戸のそばにいるのが柄杓と玉、祠の近くにいるのは菜種と手斧、石見、筮竹、柿だ。花巻としっぽく、あられもいるな。ええとそれから、三毛猫が……釣瓶だ。通り過ぎていったのが羊羹、そして最後にもう一匹、羊羹と似たようなやつで少しだけ白いのが……大福」

惜しい。最後の一匹で間違ってしまった。わずか一日でここまで覚えたやつは他にいないだろう。それだけに残念だ。

「少し白い毛が混じって粉を吹いているように見えるのは、金鍔だ。まあそれはいいとして、お前、脚の方はどうなんだ。跳び上がっていたが」

「ああ、もう平気ですよ」

竜はその場で軽く左右に体を動かしてみせた。確かにいつもと変わらぬ動きだ。

「俺に怪我を負わせた方が、相手を痛めつけるのが好きという妙な病を持っていたのが幸いでした。ざっくり斬るのではなく、軽く刃を当てて少しずつ斬り刻んでいったんですよ。そのお蔭で血こそ出ましたが、傷自体は浅かったんです。本当に助かりました。悪い癖の持ち主で」

やはりこいつは口が悪いと思いながら、蓮十郎は安堵した。これで人数は揃った。

「よし、俺とお前と弥之助で、これまでの三日三晩の始末をつけに行こうじゃないか」

そう竜に告げてから、いや、あいつにとってはこの三十年間の始末になるかな、と思いながら弥之助の方へと目を戻した。

泣く子も黙る麻布の親分と界隈で恐れられている男は、まだ背中を小さく丸めながら、お多恵ちゃんの祠へと一心に手を合わせ続けていた。

付きまとうわけ

一

溝猫長屋の子供たちと大家の吉兵衛、そしてお紺たち一行は、鎌倉を出立して東に進み、風光明媚な金沢八景からは北へと歩いて再び東海道に戻った。今夜泊まることになっている川崎宿の旅籠を目指して歩く。

「……その宿屋さんにはね、かつて旅の途中で亡くなってしまった商人のお化けが出るそうなのよ」

一行の最後を歩いている忠次と銀太、新七、留吉に向かって、お紺が話し始めた。

「商用で方々を巡って、いよいよ明日は江戸に帰れるっていう人だったらしいわ。疲れているからと早くに床についたんだけど、夜中に突然、胸を押さえて苦しみ出したそうなのよ。宿の人も慌ててお医者さんを呼びに行ったりして、色々と手を施したんだけど、結局そのまま亡くなってしまったらしいわ」

どうしてお紺は女連中と一緒ではなく男の子たちのそばに寄ってきてばかりいるのだ、と考えるのは間違いである。ここまでの道々、お紺はしっかりと女たちとも喋っている。昨日行った江ノ島やその後に通った七里ガ浜の話をしたり、お紺が行けなかった鶴岡八幡宮の様子を聞いたり、先ほど見た金沢八景の見事な景色について喋ったりしていた。

またお紺は、前の方を歩いている吉兵衛など男連中とも頻繁に言葉を交わしている。鎌倉から金沢八景に行く途中で通った朝夷奈切通やそのそばの磨崖仏のこと、それに相模国と武蔵国の境にある鼻欠地蔵のことなどを一緒になって語っている。お紺はその合間に男の子たちへ、今夜泊まる旅籠屋に出るという幽霊の話を聞かせているのだ。

「大勢の人が寝泊まりする場所だから、急な病で亡くなる人も当然いるわよね。それは仕方ないことなんだろうけど、困ったことにこの商人の男の幽霊が、苦しみながら宿の中をのたうち回るらしいのよ」

さらに言うと、お紺はそうして一行の前後を行き来しながら、吉兵衛や女たちの疲れ具合を見て途中で休みを入れるように進言したり、周りのものに興味がいって子供たちが遅れがちになると早く歩くように促したりもしている。

「この商人だけでも迷惑なのに、その宿屋さんにはもう一人、女の幽霊も出るらしいわ」

ついでに言うと、お紺が自ら語っていたように、この旅の間は見事に晴れ続きだ。冬の冷たい風が吹き付けることもなく、穏やかな陽気の中で一行は歩を進めている。一緒にいる人たちを飽きさせず、気遣いもして、しかも天気は良いという、旅のお供に持ってこいの人物、それがお紺なのである。

――これでおいらたちに怖い話さえしなければ素晴らしいんだけど……。

忠次は心の中で嘆きつつ、さりげない風を装ってちらりと背後に目をやった。はるか後ろの方に僧侶がいるのが分かった。正面から見ないようにしたので確かなことは言えないが、多分あの幽霊だろう。ついてきている。

あんなものに付きまとわれているだけでも大変なのに、その上、旗本屋敷に巣食う物の怪の呪いの件もある。自分たちはそれで今、江戸を離れているのだ。古宮先生や弥之助親分がうまくそちらを片付けてくれなければ、このまま江戸に戻れない、なんてこともあり得るのだ。そんな立場に置かれている子供たち相手に、追い打ちをかけるように今夜泊まる宿に出るというお化けの話を嬉々として語る。やはりお紺ちゃんは鬼だ、と忠次は心の中で罵った。

「……ちょっと忠次ちゃん、何か他のことを考えているみたいね。人が喋っている時はちゃんと聞かないと駄目よ。ええと、どこまで話したっけ……そうそう、女の幽霊のことだったわね。どういういきさつだったのかは昔の話だから分からないんだけど、とにかく一人の女が、ある時その宿に泊まったのよ。年は三十くらいかしら。女の一人旅だし、どことなく表情も暗いから、宿の主も気をつけていたらしいの。日暮れ頃にその人が宿を出てふらふら歩いていったので、宿の主が訝しんで、後ろからついて行ったのね。するとその女の人は、六郷川へ入っていこうとしたのよ。つまり入水ね。死のうとしたわけよ。もちろん宿の主や近くにいた人たちが慌てて川から助け上げたけどね。それで女の人を宿に連れ帰って……」

「ちょっと待ってよ、お紺ちゃん。女の人、死んでないみたいだけど……」

「まだ話の途中よ。最後までしっかり聞きなさい。ええと、それで宿に連れ帰って詳しい話を訊こうとしたんだけど、女の人は『死なせてください』と泣くばかりでね。話をするのは落ち着いてからにしてもらおうと、その晩はそのまま寝かせたのよ。当然、しっかりと見張りをつけてね。だけど、ちょっと目を離した隙にまた抜け出したの。すぐに気づいて追いかけたんだけど、夜中だからうまく見えなくて……女の人は、今度は亡くなってしまったのよ」

「……気の毒に」

「この女の人が幽霊になって出るそうなの。『死なせてください』と泣きながら宿の中をさまようらしいわ。苦しみながらのたうち回る商人の霊もいるし、なかなか賑やかなところよね。もちろんそこに泊まった人みんなが見るわけじゃなくて、ほとんどの人は何事もなく宿を後にするんだろうけど、あんたたちなら間違いなく出遭うでしょうね」

お紺は笑みを浮かべて男の子たちを見回した。嬉しそうだ。

「あたしが思うに、商人も女の人も、自分が死んだことに気づいていないんじゃないかしら。商人の方は急な病で亡くなったわけでしょう。このままでは死ねない、早く江戸に帰らなければ、なんてことを考え続けながら息を引き取ったのかもしれないわね。女の人は、初めに自害をしくじっていたから、『死ななければ』という思いばかりが強くなってしまったんじゃないかしらね。だから二度目に成功しても、その念が残って宿の中をさまよっている。もしかしたら水の中で気を失ってしまって、それで自分が死んだというのがよく分かっていないのかもしれない。とにかく、そういうわけで幽霊となってしまっているわけよ」

「はあ……でも、それはあくまでもお紺ちゃんの考えだよね」

「確かめる術はあるわ。あんたたちが訊けばいいのよ。あるいは教えてあげればいいんじゃないかしら。『あなたたち、死んでますよ』って」

「えぇぇ……」

忠次と新七、留吉の三人は顔を見合わせた。苦しみながらのたうち回り、泣きながらさまよっている幽霊にそんなことを告げる度胸はない。

「あああ、もしおいらが見たり聞いたりできるんならお化けに教えてやるんだけどな」

銀太が横目で三人を睨みながら呟いた。自分一人だけ仲間外れにされているので、少しひねくれた感じになっている。

「でも何も感じないから無理だ。ああ、本当に残念だな」

「銀ちゃん……そんな風に嫌味を言うのはやめなよ」新七が諭すような口調で言った。「今回はさ、『見る』『聞く』『嗅ぐ』が順番に回るんじゃなくて、一人が一つに定まっちゃっているんだよ。いつもよりは仲間外れにされているって感じが弱いだろう。ずっと見続ける羽目になっている忠ちゃんの方が、銀ちゃんなんかよりはるかに文句を言いたいに決まっている」

「ああ、言われてみればそうかもしれないな。今回だけはおいらより忠ちゃんの方が可哀想だ。ごめんよ、忠ちゃん」

銀太が謝りながら、哀れむような目を忠次に向けた。新七、留吉も似たような目付きで忠次の顔を見守る。

「……三人とも、そんな気の毒な人を見るような目をおいらに向けないでよ」

「いや、実際に気の毒だから」

「そんなことないよ……とは言えないのが辛いなあ」

旗本屋敷の上の空に、こちらを睨みつけている目を見たのが三日前のことだ。一昨日は程ヶ谷宿の旅籠屋で女の幽霊を見た。そして昨日は鎌倉の飯屋で母子の霊に遭った。もし今日も見るということになったら、実に四日続けて幽霊を見るということになる。

——いや、もう見ているか。

忠次はまたちらりと背後に目を向けた。僧侶らしき者の姿が遠くに佇んでいるのが見えた。

——あのお坊さんだけでも十分なのに、さらに二人のお化けが出てくるのか。

はああ、と忠次は肩を落としながら俯き、大きな溜息を吐いた。急な病で死んだ商人の男と入水して自害した女の霊。別々に出てくるのだろうか。それとも同時に現れるのか。そして幽霊たちは、お互いに相手のことが分かっているのだろうか。もし見えていなくて、苦しみながらのたうち回る男の上を女が泣きながら踏みつけていったら嫌だな、と忠次は顔をしかめた。そんな連中に対して「死んでますよ」なんて告げられるわけがない。そもそも自分たちのような子供の言うことに聞く耳を持っていない気がする。

「お化けにそんなことを告げるなんて、やっぱり無理だよ」

忠次は顔を上げ、お紺がいた場所に向かってそう言った。

残念ながらそこにはもうお紺の姿はなかった。あれ、と思って前の方を見ると、いつの間にかお紺は女連中のお喋りに加わっていた。漏れてくる声からすると、明日行くことになっている川崎大師の話をしているみたいだった。

「お紺ちゃん……酷い」

こちらの意見には耳を貸す気がないようだ。まさに幽霊と同等、いやそれどころか、何もしなくても向こうから絡んでくる辺り、幽霊よりもはるかに始末が悪い。

「忠ちゃん、お紺ちゃんのことをとやかく言っても仕方がないよ。今さらだし、それに悪口を言ったらお化けに遭わなくなるってわけでもないしさ」

留吉が慰めるように言った。

「うん、分かってるよ」

忠次は素直に頷いた。今夜泊まることになっている旅籠屋で、二体の幽霊を見ることになるのは仕方がない、と諦めた。見た目が綺麗であることを祈るだけだ。

「それよりも留ちゃん、さりげなく振り返って、ちょっと後ろを見てくれないかな。お坊さんが歩いているかどうか確かめてほしいんだ」

忠次が頼むと、留吉は少し前に出てから忠次たちの方を振り返った。後ろ向きに歩きながら他の三人と話している、という素振りをしつつ、ちらちらと後方へ目をやる。しばらくそうしてから留吉は軽く顔をしかめて忠次に小さく首を振った。

「何人か歩いている人の姿が見えるけど、お坊さんはいないみたいだ」

元のように前を向き、忠次の横に並んだ留吉が小声で告げた。

「そうか。でもおいらには、お坊さんがついてきているのがずっと見えているんだよね」

「昨日のお坊さんのお化けなの?」

「多分そうだ。ああ、参ったな。付きまとわれてる」

あれが旅籠屋までついてきてしまったら困る。昨日は何とか見えていない振りをしてやり過ごしたが、今夜出てくるであろう二体の幽霊は手強(てごわ)そうだ。うまく誤魔化せずに、幽霊が見えていることがばれてしまったら、あの僧侶の幽霊は自分たちに対してどういう動きを見せるだろうか。

「ああ、参ったな」

忠次は再びそう呟いて天を仰いだ。

二

川崎宿に着いた頃には、かなり日が傾いていた。一行はそのまま旅籠屋に入った。

ここも程ヶ谷宿や鎌倉で泊まった所と同じように、巴屋(ともえや)が懇意にしている宿である。すでに話が通っているので、女たちは下の階の奥にある、宿屋の者たちが寝ている場所のそばの部屋へと案内されていった。立派な商家のおかみさんやその娘、そして娘の友達という顔ぶれなので、危なくないように配慮がなされている。

もちろん、お供で来ている芳蔵と彦作、それに後から急に加わった吉兵衛と溝猫長屋の子供たちは別だ。他の旅人も泊まっている、二階の部屋へと向かわされる。

別棟こそないが、建物の造りは程ヶ谷で泊まった旅籠屋と似たような感じだった。通りに面した入り口を入ると少し広い土間があり、そこでまず足を濯ぐ。それから中に上がると奥に梯子段がある。梯子段を上りきった所は板の間になっていて、そこを囲むように各部屋の襖が並んでいるといった具合だ。

幸い、時節柄さほど混んではいなかったので、見知らぬ人と相部屋になるということはなかった。しかし他の部屋には泊まっている人がいるからお前たち騒ぐんじゃないぞ、と吉兵衛が怖い顔をしながら言って二階へ向かった。

――いやいや、生きている人なら相部屋でも一向に構わないんだけど。

忠次はそう思いながら吉兵衛の背中を見送った。後ろから芳蔵と彦作も続き、さらに銀太が勢いよく梯子段を上がっていく。

梯子段の下に忠次と新七、留吉が残った。旅籠屋の中に何か怪しい気配がないか調べるためである。

忠次は、ささっと左右に目を配った。廊下が延びていて、片方の端はお紺たち女連中が寝泊まりする部屋に続いているらしかった。やかましいお喋りの声が漏れ聞こえてくる。

もう一方は台所とか物置代わりに使っている部屋に続いているようだった。そちら側の廊下の途中に外へ出られる戸口がある。そこを出るとすぐに厠(かわや)があるらしい。のたうち回る商人風の男も、泣きながらさまよう三十くらいの女もいない。お紺の話ではどちらも亡くなったのは夜中だから、出るとしたらその頃なんだろうな、と考えながら、忠次は横にいる新七と留吉へ目を向けた。

新七は必死に鼻を動かし、辺りの臭いを嗅いでいる。留吉は耳の後ろに手を当て、怪しい物音や声がしないか探っていた。

声をかけずに見守っていると、しばらくして二人そろって首を振った。どうやら「今のところはまだ」この旅籠屋に怪しい気配は漂っていないらしい。

「それじゃあおいらたちも二階に行こうよ。あまり遅れると大家さんに叱言(こごと)を食らうから」

留吉が梯子段を上った。新七もその後ろに続き、最後に忠次が、辺りに目をやりながら梯子段に足をかけた。

冷たい、と思うのと同時に足がつるりと滑(すべ)り、忠次は「うわっ」と叫びながら尻(しり)もちをついた。

「忠ちゃん、平気かい？」

梯子段の途中から留吉と新七が心配そうな顔で見下ろしてくる。

「ああ、心配いらないよ。濡れてたから滑っただけで」

一段目で助かった。もう少し上だったら梯子段から落ちていたところだ。

「……濡れているなら宿の人に教えた方がいいかもね。危ないから」

俺は気づかなかったけど、と言いながら新七が梯子段を下りてきた。忠次が足を滑らせた梯子段の一段目を調べる。

「どこも濡れてないよ」

新七は訝しげな顔で首を傾げた。

「そんなはずはないよ。足の下が明らかに冷たく感じたし……」

忠次は梯子段の踏板に手を伸ばした。乾いていた。

「あのさあ、忠ちゃん。思うんだけど……」

「新ちゃん、その先は言わなくても分かるよ」

ここに出るという二体の幽霊のうち、片方は入水して亡くなった女の人だ。それが宿の中をさまよっている時に落とした滴を忠次だけが感じ取ったのではないか、と新七は言いたいのだろう。

「……出てくるなら夜中だと思ったんだけどな」

「あくまでもお紺ちゃんの考えだけど、その女の人は死にたいという思いばかりが強くなってしまって、それで実際に死んだ後でもその念が残って出てきてしまう、ということだったろう。その人が一度目に死ぬのをしくじったのはちょうど今時分だ。だから、実はもう出てきているのかもしれない」

「だけど、姿は見えないよ」

忠次はのろのろと立ち上がりながら周りを見回した。宿帳を持って梯子段の方へやってくる宿の主が目に入る。それと梯子段の上から心配げに見下ろす留吉と、目の前にいる新七。戸口の外の街道を歩いている旅人を除けば、動いているのはその三人だけだ。

「宿の人に助けられたすぐ後だから、死ぬことをいったん諦めかけたんじゃないかな。それでまだ念が弱いんだよ。そこからまた『死にたい』という思いがだんだんと強くなっていき、夜中に再び宿を抜け出して川へと飛び込んだ。つまり、これから少しずつ姿が現れてくるんじゃないかと俺は思うんだよね。で、夜中になるとはっきりして、泣きながらさまよう」

「ううん」

これもまた、あくまでも新七の考えである。幽霊のやることだから、本当のところは分からないのである。だから正しいとは限らない。しかし決して違うとも言い切れない。新七は仲間内で一番頭の出来が良いからだ。たまには間違うこともあるが、後から考えると新七の言ったことが当たっていた、ということは多い。

「まあ夜になれば分かることだからさ、とりあえず今は、足を濯いだ後でよく拭かなかったから、その水が足の裏に残っていて、それで滑ったってことにしておいてよ」

そんなことはないだろうけど、と思いながら忠次は再び梯子段に足をかけ、今度は慎重にゆっくりと上がっていった。途中、濡れているように感じた踏板が幾つかあったが、後ろから来る新七は何食わぬ顔でその段に足を乗せていた。やはり新ちゃんが言う通りなのかなと顔をしかめながら忠次は梯子段を上りきり、今夜寝ることになる部屋へと入った。

「どんなのが出てくるのかな。病で亡くなった商人の方はまだしも、入水した女の人の姿が気になるよ。お紺ちゃんに死体がいつ見つかったのか訊いておくべきだった。またぱんぱんに膨れ上がったのが出てきたら嫌だから」

「もしそうなら臭いも酷いから俺も困るな。でも、お紺ちゃんの話を信じるなら、その心配はないと思うよ。死にたいという念が霊となって出てくるっていう考えだったから、多分、死ぬ前の姿で出てくるんじゃないかと思うんだよね」

「おいらが気にかかっているのは女の人より商人の方なんだよね。苦しんでいる時の呻き声が聞こえてきそうだから」

宿帳を付け終えた後で、申しわけないが少し晩飯が遅れると吉兵衛に謝っている宿の主の姿を横目で見ながら、忠次、新七、留吉が小声で話している。銀太は、どうせ自分だけは何もないと分かっているからか、呑気な様子で窓から顔を出し、日暮れ時の街道を忙しなく行き交う人々の姿を眺めていた。

「お紺ちゃんが知っているかどうかは分からないけど、亡くなった二人が泊まっていた部屋がどこかも念のために訊いておけば良かったかな。この部屋じゃなければいいけど」

「女の人は見張りを付けられたって話だったから、お紺ちゃんたちが泊まっている部屋だと思うよ。宿の人たちが寝ている部屋の近くだからね。何かの間違いでお紺ちゃんにも見えてしまえばいいのに」

「多分無理だよ。お紺ちゃんは勘だけはやたらに鋭いけど、お化けを見るということに関しては誰よりも鈍そうだから。でも新ちゃんの言う通りなら、この部屋に籠もっていれば女の人のお化けは避けられるんじゃないかな。川で入水したわけだから、最後にはそちらへ向かうと思うんだよね。だから二階へは……」

留吉が話の途中で言葉を止めた。首を傾げながら顔を窓の方へと向ける。

「どうしたんだい、留ちゃん」

「錫杖の音が聞こえたような気がしたんだ」

ええっ、と声を上げ、新七が窓のそばへ寄った。先にそこにいた銀太を押しのけて窓から顔を出し、鼻から息を吸いこむ。

「ううん、かすかに線香の匂いのようなものがする気も……」

忠次も窓に近づき、下からそっと目の辺りまでを出して表を覗き見た。日はすでに西の山の向こうへ落ちていたが、まだ空にはうっすらと光が残っているし、街道沿いに建ち並ぶ旅籠屋や商家の前には提灯が点されていたので明るかった。

「うう、あのお坊さんのお化けのことをすっかり忘れていたよ」

嘆きながら街道を見回す。僧侶らしき者の姿は目に入らなかった。錫杖の音が聞こえたのなら案外とすぐ近くにいるかもしれないと、思い切って顔を窓から出し、この旅籠屋のすぐ前の辺りへも目を向けた。やはり僧侶はいなかった。

「ううん、見えないけど……まさかこの宿の中に入ってきちゃったなんてことはないよね。きっと留ちゃんや新ちゃんの気のせいだよ」

忠次が言うと、なぜか銀太が首を振った。

「気のせいじゃないと思うよ」

「どうしてさ」

「おいらにも聞こえたから。他の所を見ていたからお坊さんが入ってくるところは見なかったけど、この窓のすぐ下の辺りで錫杖の音と小さい読経の声がしたよ。ああ、それとお線香のような匂いもしたかな」

忠次と新七、留吉は顔を見合わせた。しばらく探るような目付きでお互いの顔を見つめ合った後、一斉に口を開いた。

「気のせいだったみたいだね」

「うん、そうだね」

「ああ、びっくりした。気のせいだったか」

さすがにこれには銀太が口を尖らせた。

「三人とも酷いよ。おいらが何も感じないと決めてかかるなんて」

「だってそうだろう」

「うん、まあね……いや、それならさ、本物のお坊さんがここへ泊まりに来たってことかもしれないだろう」

確かにそれは一理ある、と忠次は感心しかけたが、すぐに新七が「それはおかしい」と声を上げた。

「旅のお坊さんなら多分、お寺に泊まるとかするんじゃないかな。そうじゃなくても木賃宿とか、もっと安い所に行くと思う」

「それなら近くのお寺の、知り合いのお坊さんが用事で訪ねてきたのかも」

「それも怪しいな」

新七がそう言いながら吉兵衛の方へ目を向けた。そこにはもう宿の主はおらず、吉兵衛は用意された火鉢のそばで芳蔵や彦作と世間話を交わしている。

「晩飯の支度をしたり、風呂の様子を見たり、旅籠屋が一番忙しい時分だからね。知り合いのお坊さんなら避けるだろう」

「急ぎの用があったのかもしれないだろ」

「ふうん。そんなに言うのなら、俺が一階に下りて確かめてこよう。ついでに小便にも行きたいし」

新七が立ち上がり、厠へ行くと吉兵衛に断ってから部屋を出た。すぐに留吉が「おいらも我慢してたんだ」と言ってその後を追いかけていった。

二人が戻るのを待つ間に、忠次は再び窓の外を眺めた。あっという間に空は暗くなって、通りを照らす提灯の光に頼るしかなかったが、少なくとも僧侶を思わせるような者の影は目に入らなかった。

寒いから閉めなさいと吉兵衛に言われ、忠次は窓を閉めた。部屋に点された行灯の火影がちらちらと揺れるのを黙って眺めていると、やがて新七と留吉が戻ってきた。

「どうだった？」銀太が勢い込んで訊ねる。「ああ、嘘は吐かないでよ」

「銀ちゃんじゃないんだから誤魔化したりしないよ。お坊さんはいなかった」

「本当に？」

新七と留吉は頷きながら座った。ちぇっ、と舌を鳴らして銀太が床に寝転んだ。不貞腐れたような感じで顔をあちらへ向ける。その様子を横目で眺めながら、新七が忠次へと顔を近づけてきた。銀太に聞こえないよう小声で話をする。

「……本当にこの宿の中にお坊さんの姿はなかった。宿の人にも訊ねてみたから間違いないよ。だけどさ、お線香みたいな匂いをはっきりと感じたんだよね」

「おいらもだよ」留吉も口を開いた。「梯子段を下りたら小さい唸り声みたいのが聞こえてきてさ。初めは商人のお化けが出たのかもしれないと思ったんだけど、よく耳を澄ましたらそれ、読経の声だったんだ」

忠次は頭を抱えた。これはもう間違いない。あのお坊さんのお化けはこの宿の中に入っている。病で死んだ商人と入水した女、そして得体の知れない老僧と、今夜は三つのお化けがこの宿をうろつくのだ。うまくやり過ごせればいいが、一人くらいはふらふらとこの部屋に入ってきそうな気がする。もしおいらが相手のことを見えていると気づいたら、連中はどうするだろう。苦しんでいる商人が助けを求めて縋りついてきたり、死にたがっている女がそのわけを訴えてきたりするかもしれない。そして正体の分からない老僧は……。

「……ちょっと待てよ。おかしい気がする。どうして銀ちゃんが音や匂いを感じたかってことだけど」

今回は「見る」「聞く」「嗅ぐ」の力が一人に定まってしまっているが、これまではそれが忠次と新七、留吉に順番に回ってきた。銀太は仲間外れにされ、最後に一人だけですべての力を一手に引き受ける、というのがいつもの流れだったのだ。同じ力を二人の者が同時に持つことはなかった。

「そうなんだよ」新七が首を傾げた。「俺もその点が不思議でさ。俺たちが感じたのは本当だけど銀ちゃんの方は気のせいだった、なんてのは無理やりすぎると言うか、こちらに都合のいい方へ逃げている考えだと思うんだよね。しっかりと確かめないといけない。だからさ、忠ちゃんにお願いがあるんだけど……銀ちゃんと一緒に小便にでも行って、ついでに二階を見回してきてくれないかな」

「な、何てことを言うんだよ。新ちゃん、お紺ちゃんの霊に取り憑かれたのかい」

「いや、お紺ちゃんは生きてるから」

「生霊なんてものもあるみたいだし……とにかく、そんなお紺ちゃんがさせるようなことを言わないでくれよ」

「そうするのが一番手っ取り早いんだよ。このままではすっきりしなくて気持ち悪いだろう。銀ちゃんが見えるかどうか知りたいじゃないか。お坊さんの幽霊がいることは決まったようなものだから、忠ちゃんには心構えができる。昨日、市松屋さんでしたように見えていない振りをすればいいんだ」

そんな無茶な、と忠次はかぶりを振った。しかし、しばらくして考えを改めた。新七と留吉が並んで手を合わせてきたから、というのもあるが、銀太にも幽霊が見えるのかどうか忠次自身も知りたいと思ったからだった。それに夜中と違って、今ならまだ宿の人が忙しく立ち働いて一階の廊下をうろうろしているだろう、という考えもあった。

「……分かった、行くよ」

新七と留吉に頷く。それから銀太に向かって、「銀ちゃん、おいらたちも小便に行こう」と声をかけた。

「一人で行ってきたら」

まだ不貞腐れているらしく、銀太はあちらを向いたままで手を上に挙げ、しっしっと犬でも追い払うかのような仕草をした。

「そんなこと言うなよ。おいらたち、生まれた時からずっと一緒だったじゃないか」

「それなのにいつもおいらのことを仲間外れにしているのは、いったい誰だろうね」

「お多恵ちゃんだよ」

「……そうか」

銀太はがばりと上半身を起こした。

「言われてみれば確かにお多恵ちゃんだ。忠ちゃんは悪くないや。よし、一緒に厠へ行こう。おいらもちょうど小便がしたかったんだ」

良かった、良かったと言いながら銀太は立ち上がり、前を押さえながら部屋を出ていった。そこまで切羽詰まる前にさっさと行けばいいのに、と思いながら忠次も立ち上がる。

「忠ちゃん、気をつけてね」

部屋を出る前に留吉が声をかけてきた。忠次は振り返って頷き、それから先に梯子段を下りていった銀太を追いかけた。

三

目に入る限りでは、一階に人の姿はなかった。すでに入り口は戸が閉められていて表の様子も見えない。梯子段の下の左右に延びる廊下を見渡しても、薄暗いだけで誰もいなかった。

――お坊さんのお化けがいないのは良かったけど、宿の人はどうしたんだろう。

忠次が思っていると、廊下の一方の端にある部屋の方から笑い声が聞こえてきた。お紺たちのいる部屋だが、男の声も混じっていた。さっき忠次たちの部屋に来ていた、宿の主の声のようだ。女たち相手にお喋りしているらしい。

――おいらたちの晩飯はまだ運んでこないのに。

口を尖らせながら忠次は廊下の反対側に目をやった。一番奥は台所のようだが、そこから音と光が漏れている。宿の奉公人が忠次たちの部屋の晩飯を作っているところだろう。

廊下をうろうろしているわけではないが、宿の人がそばにいることは分かった。少し安心しながら、忠次は廊下を進んだ。

厠は外にあり、そこへ行く戸が廊下の途中にあり、半分ほど開いていた。銀太がそのままで出ていったようだ。下を見ると下駄が置いてある。ここでそれを履いて厠へ行くことになっているらしい。

——まあ、おいらは別に小便をしたかったわけじゃないし。

わざわざ行かなくてもいいかな、と考えながら忠次は再び左右へ目を配った。やはり廊下に人影はなかった。生きている人はもちろん、この世のものではない人もだ。

忠次はほっとして、ふうっ、と息を吐き出した。銀太どころか、新七や留吉が感じた匂いや音も気のせいだったようだ。

目が慣れてきたのか、さっきより廊下の様子がよく分かった。少し台所の方へ歩いた先の廊下の床に、何やら丸みを帯びたものがあるのが見える。椀を伏せたような形だが、それよりは幾らか大きい。

宿の人がすり鉢か何かを落としたのかな、と思って忠次は近づいた。すぐ向こうに台所があるから、届けてやろうと思ったのだ。

その親切心が仇になった。拾い上げようと両手を伸ばして腰を屈めた時、表面に目が現れたのだ。椀でもすり鉢でもなかった。それはあの老僧の幽霊の、鼻から上だった。

忠次が近づくのを待って目を開けたらしかった。油断していたので忠次は思い切り目を合わせてしまったし、同時に「ひっ」と声を漏らして尻もちをついてしまった。見えていることが間違いなく相手に知られた。

忠次へじっと目を注ぎながら、老僧の体がゆっくりと上がってきた。口を動かして何か喋っているのが見えたが、その声は忠次の耳には聞こえなかった。

床から抜け出るように、肩、胸、腹と老僧は徐々に姿を現していく。すっかり出てしまう前に逃げなければと、忠次は体の向きを変え、這うようにして梯子段の方へと進んだ。

だが、そちらに逃げても無駄だった。梯子段のそばにある天井が膨らんだかと思うと、そこからぬうっと老僧の上半身が逆さに突き出てきた。そして腰から下は天井に埋めたままで、老僧は忠次の方へと向かってきた。

やはり忠次に向かって何か喋っているようで、口をぱくぱく動かしている。忠次は「ごめんなさい、おいらには聞こえないんです」と叫びながらまた体の向きを変える。

すぐにそちらへ進もうとしたが、足を動かせなかった。廊下の先の厠へと行く戸口の前に、椀を伏せたようなものがあったからだ。ついさっきまで背後の天井から体を出していたはずの老僧が、もうその場所に移っている。

万事休すだ。この老僧の幽霊から逃れる術はないのだ、と忠次は思った。体から力が抜ける。もう駄目だ、何をしても無駄だと、諦めの気持ちが胸の中に広がった。

ところが、意外な所から救いの手がやってきた。銀太である。忠次の叫び声が聞こえたらしく、「忠ちゃん、どうしたんだい」と言いながら、戸口から廊下に飛び込んできたのだ。

忠次にとって幸いなことに、そして幽霊と銀太にとっては不幸なことに、老僧の頭はちょうどその戸口の前にあった。飛び込んできた銀太は、思い切り老僧の頭を蹴飛(けと)ばしてしまった。

忠次の耳には何も聞こえないが、多分すごい音がしたんだろうな、と思うような見事な蹴りだった。勢いで銀太はつんのめり、廊下の横の壁で額を打った。こちらの音は忠次の耳にしっかり届いた。恐らくこぶができるだろうな、と思わせるすごい音だった。

銀太は額を押さえてうずくまった。しばらくそのままだろうな、と忠次は思ったが、驚いたことに銀太はすぐに立ち上がった。そして、ここからの銀太の動きに忠次はさらに舌を巻いた。老僧の頭に向かって「ごめんなさい、ごめんなさい」と謝り始めたのである。

やはり銀太にも老僧の姿が見えているのだ。そのことにまず忠次はびっくりした。そして、床から頭だけを出しているのだから相手は明らかに幽霊なのに、銀太が怖がるよりも先に頭を蹴ってしまったことを謝っている。このことにも忠次は驚いた。それと同時に、いかにも銀太らしいと感心した。

さすがだ、と思いながら忠次は銀太と幽霊を見守った。老僧はむっとした顔で銀太に何か告げると、床に頭を沈め始めた。銀太が「はい、気をつけます。本当にごめんなさい」とまた謝る。老僧の頭がすっかり見えなくなるまで、銀太は謝り続けていた。

二階の部屋に戻ると、留吉が耳を押さえながら顔をしかめていた。その様子から、あの老僧が忠次に向かって喋っていた言葉が留吉の方へ届いていたことが分かった。

吉兵衛の方へ目を向ける。火鉢のそばで、芳蔵、彦作の二人に対して何やら話をしていた。「真っ黒のが羊羹で、それに少し白い毛が混じっているのが……」などと言っている声が聞こえてくる。

どうやら話題は溝猫長屋の猫のことだ。これなら大丈夫、猫の話になると夢中になるから、こちらが少々大きな声で話していても、大家さんの耳には入らないだろう、と思いながら忠次は新七と留吉のそばに腰を下ろした。額をさすりながら銀太も座る。それを見てから忠次は留吉に話しかけた。

「多分、お坊さんのお化けの声が聞こえたんだと思うけど、何を言ったのかはまだ黙っていてほしいんだ。実はさ、銀ちゃんにもお化けの姿が見えたらしいんだよ。匂いも感じ、声も聞いている。念のために、銀ちゃんが耳にしたお坊さんの言葉が留ちゃんが聞いたのと同じかどうか確かめてみようと思うんだ」

「なるほど」新七が頷いた。「銀ちゃん、何が聞こえたんだい」

「厠で小便をしていたら、まず『やはり見えていたな』という声が耳に入ってきたんだ」

最初に床から老僧の頭が出てきた時に喋った言葉のようだ。

「どこから聞こえてきたのか分からなくて、小便をしながらきょろきょろしちゃったよ」

「離れているのに幽霊の声が聞こえてくる時は、耳の奥に直に届くような感じがするんだ」

留吉が教えてやると、銀太は頷いた。

「ああ、そんな感じだったかな。おいらはこれまで、お化けに遭う時は間近で見ていたから分からなかった。ええと、それできょろきょろしていたら、今度は『見込みがあるから仏道の修行をしたらどうじゃ』という声がしたんだ」

「へえ」

忠次は驚いた。あの老僧の幽霊は、忠次を仏門に誘うために付きまとっていたらしい。

「おいら、お坊さんになるなんて考えたことないや。頭の出来は良くないし、字も下手だし、どこに見込みがあるのかまったく分からないよ」

「まず幽霊が見えるらしいってことで気になったんだろうね」新七が首を傾げながら言った。

「それで後をつけ始めたんだろうな。そうしたら昨日、市松屋さんで忠ちゃんが母子の幽霊の間を隔てている襖を外したのを見た。離れ離れになっていた母子を逢わせて成仏する手助けをしたわけだ。確かに見込みがあると考えるのも分かる。俺だってそう思うもの。忠ちゃん、いっそのことお坊さんになったらどうだい」

「やめてよ、おいらは桶(おけ)職人になるんだからさ。ええと、それで銀ちゃん、他には何か聞かなかったのかい」

「忠ちゃんの叫び声がした。『ごめんなさい、おいらには聞こえないんです』ってやつ」

忠次は頷いた。お化けから逃げることに夢中であまり覚えていないが、そんなことを言ったような気がする。

「その後で『ふむ、それだと難しいかもしれないな』という声が聞こえてきた」

「ああ、なるほど」また新七が口を挟んだ。「幽霊の残した未練を知ろうとした時、『見えるだけ』ってのは確かに不便かもしれないな。まだ『聞こえるだけ』の方がましだ。もしかしたら留ちゃんの方が見込みがあるかも」

「やめてよ、おいらはお父つぁんの知り合いの油屋に奉公に出るつもりなんだから。新ちゃんこそ頭が良いのだから、お坊さんになったらいい」

「俺はうちの店を継がなきゃならないからな。話の腰を折ってごめんな銀ちゃん。続きを話してよ」

「ちょうど小便も終わったからさ、忠ちゃんの様子を見に行こうとして、急いで戸口から中に入ったんだ。そうしたら、お坊さんの頭が床から生えているじゃないか。いきなりだったから避けられなくて、思い切り蹴飛ばしちゃったよ。もちろんすぐ謝ったけど、お坊さん、むっとした顔で『気をつけるように』っておいらを睨んでさ。で、そのままずぶずぶと沈んでいった」

　これで銀太の話は終わりだ。忠次は留吉の方へ顔を向けた。

「うん、おいらに聞こえたのとまったく同じだ」留吉は大きく頷いた。「やっぱり銀ちゃんはお化けの声が聞こえていたんだ。銀ちゃんこそ見込みがあるんじゃないかな。見えるし、臭いも感じるわけだから……ああ、でもお坊さんのお化けだってそのことは分かったはずなのに、銀ちゃんのことは仏門に誘わずに消えちゃったのか。頭を蹴ったのが悪かったのかな」

「何だよ、それ。あんな所に頭を出しているお坊さんが悪いんじゃないか。いや、おいらは将棋の盤や駒を作る職人になるつもりだから別に構わないけど、だけどなんか、悔しいな」

　銀太は口を尖らせた。

「まあまあ、銀ちゃん、怒らないでよ」

　忠次は銀太を宥めた。それから三人の顔を見回す。

「これで銀ちゃんにもお化けが見えたり、その声が聞こえたりしていることが分かった。これはどういうことなんだろう」

　ううん、と三人は考え込んだ。もし何か考えが浮かぶとしたら新七だろうと思い、忠次はそちらへ顔を向けた。しかし新七にも分からないようで、忠次へ力なく首を振って見せた。

「駄目だ。江戸に近づいたから元通りお多恵ちゃんの力が働くようになったんじゃないかと思ったけど、それだと四人同時に見えたり聞こえたりしていることの説明がつかない。銀ちゃんが感じる時は、俺たちは何も分からなくなるはずだからさ」

「そうだね。その辺りが今までと違う」

「とりあえずこの件は置いておこう。それより今は、この後のことを考えるべきじゃないかな。つまり今夜のことだ。多分、のたうち回る商人と泣きながらさまよう女の霊が出てくると思うけど」

「ああ、そうだった」

忠次はがっくりと項垂(うなだ)れた。お坊さんのお化けは消えたみたいだが、まだ二体のお化けがこの宿にはいるのだった。

「嫌だなあ……」

忠次と銀太が声を合わせて呟いた。

「何だよ銀ちゃん。仲間外れが終わったから、銀ちゃんは嘆くことないだろう」

「いや、おいらは『見る』『聞く』『嗅ぐ』が順番に回ってくるやつから外されているから文句を言うのであって、望んでいるのはこういう形じゃないんだよ。なんでまたおいらだけ一度にすべての力が集まるんだ。それだとまだ仲間外れが続いているみたいじゃないか。別にさ、おいらはお化けに遭いたいわけじゃないの。みんなと一緒に『次は誰が見る番になるんだろうね』とか言いたいだけなの。おいらだってお化けが怖いことには変わりがないんだよう」

ちょっと駄々っ子みたいになっているが、それも無理はないかな、と忠次は思った。銀太は見えるだけではなく、声も聞こえるし臭いだって感じるのだ。それに比べれば自分はほんの少しましだ。

思えば銀太以外の三人は必ずどれか一つの力しか来たことがなかったし、銀太は決まって一度に三つの力を得てきた。よくよく考えると本当に気の毒だな、と忠次は銀太に同情した。

「銀ちゃん……とにかく今夜はおいらたちみんなで一緒に乗り越えようよ。力に偏りはあるけど、四人がそろってお化けのことを感じ取れるなんて初めてのことだからさ」

忠次はそう銀太に声をかけ、それから仲間たちの顔を見回した。四人はしばらく互いを見つめ合い、それから同時に、大きく頷いた。

四

「……で、みんなで必死に徹夜してお化けが出るのを待ち続けたけど、結局何も出ないまま夜が明けたってわけね」

男の子たちから話を聞いたお紺が、呆れたように言った。

昨夜泊まった旅籠屋の前である。朝の川崎宿にはもう多くの人たちが行き交っている。その邪魔にならないように端に寄り、まだ支度が済んでいない、お紺を除く女連中が出てくるのを待っているところである。

晴れ女がいるせいで今日も見事に晴れ上がっている。お蔭で朝日が目に染みると、忠次は何度も目を瞬かせた。

「あんたたちも駄目ね。旅をしている時は、夜はしっかり休まないと。そうじゃないと疲れが残って、後々に響いてくるの。四人とも今日は辛いわよ」

「お紺ちゃん……」

これはあんたのせいだろう、と男の子たちは一斉にお紺を睨んだ。

「おいらたちはさ、病で死んだ商人と、入水した女の人のお化けが出てくるのを待っていたんだよ。お紺ちゃんが話してくれたやつだ。だけど出なかった。つまりお紺ちゃんが嘘を吐いたのが悪いというわけで……」

「そもそも怪談に対して嘘だとか何だとか文句を垂れるのが間違いなの。それは野暮ってものよ。あたしは怪談好きの磯六さんから聞いた話をあんたたちにしただけ。その磯六さんも旅をした知り合いから聞いた話だし、もしかしたらその知り合いも、別の知り合いから教えてもらったことを喋っただけかもしれない。そうして多くの人を介していくうちに尾ひれがついたり、まったく別の話にすり替わってしまったりする。怪談というのはそういうものなの。それを知った上で聞くのが怪談の楽しみ方なのよ」

言っていることは正しいのかもしれない。しかし今この場にあっては、お紺の言葉はただの言いわけにしか聞こえない。男の子たちはますます顔をしかめてお紺を睨みつけた。

「不満そうね。多分このあたしに謝ってほしいんだと思うけど、そうはいかない。もちろんあたしだって間違ったことをしてしまった時には素直に相手に謝るわよ。だけど、そうじゃない時に頭を下げるつもりはさらさらないわ」

「昨夜の件は間違ったじゃないか。お紺ちゃんが言っていた商人と女の人のお化けは出てこなかった」

「どうしてそう言い切れるの？」

「だっておいらは相手の姿を見ていないし、新ちゃんは特に嫌な臭いを感じなかったみたいだし、留ちゃんも、その二人のお化けの声は耳にしていないと言っているし」

もちろん銀太も何も感じなかったが、いちいち言うのは面倒なので忠次は端折(はしょ)った。

「その言い方だと、留吉ちゃんは二人のお化けじゃないものの声は耳にしたという風に聞こえるんだけど」

お紺は留吉の方へ目を向けた。

「当ててあげましょうか。苦しむ商人の声や死にたいと泣く女の声は聞かなかったけど、読経の声はずっと聞こえていたんじゃないかしら」

男の子たちは目を丸くした。当たりだ。老僧の幽霊は銀太に頭を蹴られた後で床に沈んでいったから、多分そのままどこかへ行ってしまったのだろうと四人は考えていた。しかしそれは間違いで、老僧はずっと旅籠屋の中にいたらしい。子供たちの前に姿こそ見せなかったが、経を読む低い声が夜明け近くまで続いていたし、線香のような匂いをそこはかとなく漂わせていたのだ。

「まさかお紺ちゃんも声を聞いたんじゃ……」

「あら、あたしは何も感じずにぐっすり眠っていたわよ。お蔭で体が軽いわ」

「だったらどうして……」

「ちょっと考えれば分かることよ。一昨日、市松屋さんでお坊さんのお化けがしたことを思い出せばいいのよ」

忠次は頭を捻って考えた。確か、母子の幽霊に対して経をあげていた。

「昨夜、夜明けまで続いていた読経は、お坊さんのお化けが商人と女の人のお化けに対してあげていたものなのよ。『引導を渡す』って言葉があるけど、それは死者に対してお前は死んだのだと悟らせ、あの世に送ることなの。お坊さんは昨夜、それをしたのでしょうね。で、商人と女の人は成仏した。だからあんたたちの前には現れなかったのよ。多分そのお坊さんは、そういうことをしながら諸国を巡っているお化けなんじゃないかしら」

「それは立派……なのかなあ。だいたいさ、それならそのお坊さんには誰が引導を渡すの？」

「それが『見込みのある者』なんじゃないの。まったく惜しいことしたわね。あたしから見てもあんたたちは見込みがあると思うんだけど。特に忠次ちゃんは人がいい……じゃなくて優しいから、ちゃんと修行を積めばいいお坊さんになれると思うんだけど」

「無理だよ。おいらは桶職人になるんだ。それに銀ちゃんは将棋の盤や駒を作る職人になるし、留ちゃんは油屋さんに奉公に出るし、新ちゃんは家業を継ぐ。四人とも先々のことは決めているんだ」

「それは無事に江戸に帰れたらの話でしょう」

お紺は意地悪そうに言って顔を動かした。忠次もお紺が見た方へと目を向ける。六郷川が流れており、そこに渡し舟が浮かんでいるのが見えた。

「六郷の渡しを越えて二里半も歩けば品川宿に着くわ。もう江戸は目の前ね。だけど今のままでは、あんたたちはそこへは行けない。旗本屋敷の件がどうなったか分かるまでは江戸には入れないのよ。ええと、この川崎宿から後のことは聞いていなかったわね。あんたたち、今日はこれからどうするのよ」

「弥之助親分か、その手下の人が首尾を知らせにくるはずだから、それをこの川崎宿で待つよ」

「もし誰も来なかったらどうなるのかしら。あるいは、旗本屋敷の化け物退治はできませんでしたって知らせが来たら」

「その時は、とりあえずこの近くに親分が使っている下っ引きの生家があるから、いったんそこに世話になることになっているんだ」

「竜さんっていう人が生まれた家だよ」留吉が少し嬉しそうな様子で口を挟んだ。「おいら前に川で溺(おぼ)れた時に、その竜さんに助けられたことがあるんだ。まだ二十五、六くらいの人なんだけど、苦み走った感じの、すごく格好のいい男の人でさ。実はおいら、密かに憧(あこが)れているんだ。ああいう渋(しぶ)みのある男になりたいなあって」

「ふうん。そういう人がいるのは聞いているけど、あたしはまだ会ったことがないわね」

「竜さんには、通り名って言うのかな、『何とかの竜』みたいな呼び名があるらしいんだけど、訊いても教えてくれないんだよね。知りたいなあ。きっと、物凄(ものすご)く格好のいい呼び名だと思うんだよね。例えば『宵闇(よいやみ)の竜』とか、あるいは『疾風(しっぷう)の竜』とか」

「それはあたしも少し気になるわね。江戸に戻ったら親分から聞き出そうかしら。まあ、とにかくもし駄目だった場合には、その竜さんという人が生まれ育った家にお世話になって、そこでこれからのことを考えるというわけね。その場合は、やっぱりどこかのお寺に修行に入ったらいいんじゃないかしら」

「そんなことを考える必要はないよ。ちゃんと化け物退治を終わらせて、おいらたちを迎えに来てくれるよ。親分さんはそういう人だ。それに古宮先生もついているし、留ちゃんが憧れている、竜さんっていう人もいるから」

忠次が言うと、他の三人の男の子たちも一斉に大きく頷いた。

「呑気というか能天気というか分からないけど、とにかくあんたたちには頭が下がるわね。もし江戸に戻れなくなっても、きっとどこでも生きていけるわよ」

お紺はそう言うと、再び目を六郷川の方へ向けた。

「……ただ、弥之助親分たちがちゃんと動いているのは確かなようね。昨日、江戸で何かあったんじゃないかとあたしは思うわ。多分、夕方……日が沈んだ頃ね」

「どうしてそんなことがお紺ちゃんに分かるのさ」

「その頃に、銀太ちゃんまでお化けが感じられるようになったからよ。どうしてそうなったのかはお多恵ちゃんの考えだから分からないけど、とにかく旗本屋敷の件で動きがあったのは間違いないわ」

男の子たちは顔を見合わせた。お紺が何を言っているのかよく分からなかった。しばらくそうして四人は頭を捻っていたが、やがて新七が何かを思い付いたようで、

「あっ」と声を上げた。

「お多恵ちゃんの祠……お旗本……。確かにつながりがある。だけどお紺ちゃん、そう考えるのは少し突飛と言うか、こじつけのような気もするけど」

「そんなことないわ。初めから、すべてはお多恵ちゃんの思惑に従って動かされているのよ。あんたたちも、それにこれまでにお多恵ちゃんの祠にお参りしていた溝猫長屋の子供たちもね。ただ、今まではみんな途中で長屋から逃げちゃったから、ここまでたどり着ける人はいなかった。きっとお多恵ちゃんは待っていたのよ、あんたたちのような、少々危ない目に遭っても平気な顔で乗り越えられる、能天気な子供たちが現れるのを。それに加えて弥之助親分、古宮先生、それと留吉ちゃんが言っていた竜さんって人……、とうとうお多恵ちゃんが望んでいた駒がそろったのよ」

お紺はそう言うと、六郷川から子供たちの方へと顔を戻した。神妙な表情で、低い声音で告げる。

「凶と出るか吉と出るかは分からないけど、終わりが近いようね」

「それは、いったい……」

「あら、やっと出てきたわね。もう、待ちくたびれちゃったわよ」

お紺の声音が甲高くなった。振り返ると、やっと支度を済ませた女連中が旅籠屋から出てきたところだった。お紺はにこにこと笑みを浮かべながらそちらへ近寄っていく。

「それじゃあ川崎大師へお参りに行きましょうか。その後は、何かおいしいものを食べに行きましょうね」

この変わり身の早さはさすがである。気味が悪いくらい勘が鋭いところもあるし、忠次の目から見ればお紺も十分に化け物だ。

――旗本屋敷の件が片付いたら、こっちの化け物もどうにかしてくれないかなあ。

忠次はそう思いながら、六郷川の向こうの方に広がっている江戸の空を眺めた。

あの人の置き土産

一

「あの坂井市之丞って男は、まだ十三、四の年に俺の道場に通ってきていた。今から思えばその頃からやつは、いつかは叔父の鉄之進を斬（き）ってやろうと考えていたのだろうな」

　はるか西に見える山々の向こうへと沈もうとしている夕日に目をやりながら、古宮蓮十郎がしみじみとした口調で言った。

「今でこそ坂井家の存続のために自らの手を汚さないよう立ち回っているが、当時は自分の手で斬り捨てる覚悟があったに違いない。そうでなければ、俺の所に五十日も通えるはずがないからな」

「はあ……大人でも三日と持たなかったと聞いておりますからね」

弥之助親分の一の子分、通称「ちんこ切の竜」は慎重に辺りに目を配りながら返事をした。

二人は今、新堀村の田んぼの中にぽつんとある稲荷社の陰に潜んでいる。ここは根岸や日暮里のそばの、広大な田畑の中に点々と寺社があるような土地だ。元より寂しい場所であるし、冬の夕暮れ時ということもあって、今のところ人がやってくる様子はなかった。

「結局は足腰が立たなくなってやめたけどな。当の市之丞はまだ続ける気があったようだが、さすがに周りの者に止められたようだ」

「まあ当然でしょうねぇ。しかし、元服を済ませていたとしても相手はまだ十三、四の子供だ。しかも御旗本の御子息でもある。それを足腰が立たなくなるまで痛めつけるってのは……」

「子供だろうと年寄りだろうと、あるいは悪党でも旗本の小倅でも等しく門人である。分け隔てなく接するのが俺の流儀だ」

「そりゃ道場も潰れるわけだ……」

呆れ果てたように竜は呟き、再び辺りを見渡した。遠くの方を歩く人の影が目に入ったが、こちらへ近づいてくる様子はなく、やがてそばにあった寺の周りに立つ木々の陰へと消えていった。年寄りのように見えたので、その辺りに住むどこかの隠居がぶらぶらと散歩していたのかもしれない。根岸や日暮里にはそういう者が余生を楽しむ商家の寮などが多くある。

目当ての人間はまだ来ないようなので、竜は蓮十郎へと目を向けた。

「……適当におだてるようにしながら稽古をつけてやればよかったのに」

そうしていれば坂井家からのつながりで他の旗本家の者も通うようになっていたかもしれない。もちろん苦しい暮らしをしている旗本も多いが、それでもある一定の実入りは見込めたはずだ。実際、そういう風にして門人を集めている剣術道場も多い。たいした腕もない弟子に、金と引き換えに免状を与えるようなところは珍しくないのだ。

「……俺がそんなことをする人間に見えるか」

「いえ、古宮先生は……しないでしょうねえ」

「当たり前だ。むしろ俺はそういう甘い覚悟しかない輩に対し、剣の道を諦めさせるために道場を開いたんだからな。半端者が格好つけて刀を振り回すと怪我をする。当人が痛い目に遭うだけならいいが、馬鹿に刃物を持たせると往々にして周りが迷惑するんだよ。だから二度と刀なんか抜きたくないと、そう思えるようになるまで稽古するんだ。別に俺は楽しんでいたわけじゃないぞ。世間様のためにそうしていたんだ」

「はあ……」

そう語っている蓮十郎は目元こそきりりと引き締めているが、口元がかすかに緩んでしまっている。ああ嘘だな、この人は相手を痛めつけることを楽しんでいたに違いないと竜は思った。相応の覚悟を持って道場の門を叩いた坂井市之丞に逃げられていることからもそのことは分かる。

竜は冷ややかな目で蓮十郎の顔を見つめた。すると、まるでこちらの考えを読んだかのように蓮十郎が「市之丞のことか」と笑った。

「市之丞こそ、俺の言う半端者なんだよ。確かに覚悟こそあったかもしれない。根性もあった。だが、たとえあのまま俺の元で研鑽を積んだとしても、鉄之進という男を倒すまでには至らなかっただろう。当時の俺は市之丞にそんな腹積もりがあったとは知らなかったから、手を抜いてやろうと思うこともあった。しかしそうしなくて良かったと思う。もし妙な自信をつけて鉄之進に向かっていったら、あっさり返り討ちに遭うからな。それくらい厄介な相手だよ。あの鉄之進って野郎は」

蓮十郎の目が竜の背後へと向けられた。慌てて竜が振り返ると、こちらへ向かって歩いてくる三人の者の姿が遠くの方に見えた。辺りはかなり薄暗くなっていたので、三人は黒い影にしか見えなかったが、その様子から坂井鉄之進と、その取り巻きの土居久三郎、篠山隼太だと見て取れた。

三人はこれから賭場に向かうところである。近頃はよくこの先にある賭場に出入りしているという話を聞き込んだので、蓮十郎と竜は先回りして待ち構えていたのだ。

「……しかし本当に来たな。お前たちの調べだから外れるんじゃないかと半分は信用していなかったんだが、たいしたものだ」

蓮十郎が感心したように言いながら社の陰にすっと体を隠した。竜も身を潜め、顔を少しだけ出して三人を眺めながら、「蛇の道は蛇ですから」と答えた。

岡っ引きやそれに使われている下っ引きは、元々は悪の道に足を踏み入れていたという輩が多い。竜も弥之助もそうだ。その頃の仲間とのつながりもあるので、賭場に出入りしている人間を調べるようなことは楽な仕事なのである。

もっとも、昔の仲間もただで色々と教えてくれるわけではない。弱みを握っているような相手ならともかく、たいていのやつは引き替えに銭を求めてくる。それに今回はわずか一日で調べなければならなかったので、弥之助は土地の親分にも口利き代としてかなりの銭を払ったらしかった。

親分も気の毒に、と思いながら竜は近づいてくる三人の、さらに後ろへと目をやった。万が一、鉄之進たちが別の場所へ行ってしまった時のために、こっそりと弥之助が三人をつけているはずだった。

だが、目を凝らしても弥之助は見えなかった。多分、賭場へ向かうと分かった時点で三人から離れ、回り道をしてこちらへ来ようとしているところだろう。辺りに遮るものがない田んぼの真ん中の道だから、後をつけるよりその方がいいと考えたに違いない。

「弥之助は反対側から来る気だな」

蓮十郎が小声で呟いた。同じことを考えていたらしい。

「俺たちはここに隠れていて、いったん三人をやり過ごそう。弥之助は道の真ん中を堂々と歩いてくるはずだから、連中も『なんだなんだ』と立ち止まる。そこへ出ていって挟み撃ちにしよう」

「はあ……親分は、あの連中を前にしても堂々と歩いてきますかね」

「逃がすわけにはいかん。ここで決めないと後がないからな。溝猫長屋の子供たちは今夜、川崎宿に泊まる。もう江戸はすぐだ。もちろん今日しくじったとしても、江戸に入らずに待っていてもらうことはできる。だが、それだとお前が困るだろう」

「ああ、確かに」

そうなった場合、子供たちは川崎宿の近くにある竜の生家に逗留することになっている。家を継いでいる竜の兄が、江戸で弟が世話になっている弥之助親分の頼みだからと快く引き受けてくれたのだ。そこそこ大きい百姓家だから食い物に困ることはない。

ただ、竜は十四、五の頃に仲間と悪さをするようになって兄に迷惑をかけている。だからもしかしたら今でも竜に含むところがあって、子供たちにあることないこと吹き込むかもしれない。それが恐ろしい。例えば「竜は小さい頃は泣き虫だった」とか、「木の枝から落ちてきた蛇に驚いて小便を漏らした」とか、「江戸では『ちんこ切の竜』と呼ばれているらしい」とか……。

特に最後のが嫌だ。

「……古宮先生。今日できっちり化け物退治を終わりにしましょう。ああ、私のことはどうでもいいですよ。子供たちのために、です」

「いちいち断らんでもいい。溝猫長屋の子供たちのことが第一であるのは決まっている。お多恵ちゃんも含めてな。そして二番目は弥之助のためだ。あいつの人生も、鉄之進がお多恵ちゃんを斬ったことで狂ってしまったから」

「は……、それはいったい？」

「坂井市之丞は俺の道場に五十日も通ってきた。十三、四の年でそんなことができたのは市之丞だけだ。実は他にもう一人、同じくらい長くいたやつがいたが、そいつはもう大人だった。俺が道場を開いたばかりの頃だから、二十四、五くらいかな。やつは俺と年は同じだから」

「あの……聞くまでもありませんが、それは……」

「もちろん弥之助だ。あいつは十二、三歳で溝猫長屋を飛び出し、悪い仲間とふらふらしていた。竜、お前と似たような感じだな。しかしあいつが他の仲間と違うのは、そうしながらあちこちの道場に顔を出して、剣を習っていたことだ。その辺りも竜と似ているかもしれない。お前もかなりの遣い手だからな。多分、それなりの人物の元で修業したのだろうが……」

「ああ、いえ、私は一人で剣を振ったり、木に向かって小柄を投げたりしていたのです。誰も見ていない夜中などにこっそりと……」

「ほう、それでそこまでの腕になるとは、たいしたものだ……と感心したいところだが、それより陰気なやつだという思いが強くなっちまうな。どれだけ一人でやり続けたのか。お前、ちょっと怖いぞ」

「はあ……私の話は結構ですから、それより親分のことを」

「うむ、だから俺の道場に来た時には、弥之助はかなりの腕になっていた。もちろん俺から見ればまだまだだけどな。つまりは半端者だ。だから俺はとことん痛めつけてやった。死なない程度にな。どうせこいつも三日もせずに逃げ出すと思ったんだが、やつは通い続けた。そして五十日ほど経った頃、とうとう体が動かなくなってしまったんだ。道場の前までは這ってきたんだけどな。そこで力尽きてしまった。面倒だったが戸板に乗せて送り返してやったよ。やつはその後も、体が癒えたら道場に通ってくるつもりでいたらしいが、ちょうどその頃に先代の麻布の親分に拾われてな。その下で働くようになってから忙しくて来られなくなった。そうこうしているうちに俺の道場が潰れて、今に至るというわけだ」

「はあ、なるほど。古宮先生と親分の間柄が分かりました。しかし、親分の人生が狂ったというのは……」

「元からあいつは悪戯小僧だったらしいが、溝猫長屋の大家さんに聞いている限りでは今の銀太と似たようなものだったんじゃないかと感じるんだ。悪の道に進むような印象は受けない。それなのにどうして長屋を飛び出して悪い仲間と付き合うようになったのか。そして、そうしながら剣術道場に通っていたのはなぜなのか。今回の件でふと思ったんだが、もしかしたらやつは、お多恵ちゃんを殺した相手を探し出して、自らの手で始末してやろうと考えたんじゃないだろうか」

「ああ……」

先代の親分の下で働くようになったのも、それとつながっている。その方が色々と調べやすいからだ。恐らく弥之助は、ずっと坂井鉄之進を探し続けていたのだろう。ところがその頃、鉄之進は蔵に幽閉されていた。だから見つからなかったのだ。

「弥之助と市之丞。俺の道場に、奇しくも同じ目的を持った二人が通ってきていたわけだ。何か縁のようなものを感じるな。もしかしたらすべてはお多恵ちゃんによって動かされていたのかもしれない。溝猫長屋の子供たちはもちろん、弥之助、市之丞、俺……それに竜、お前も」

「ええっ、俺もですかい？」

「お前が弥之助のところに世話になったのは、今年からというわけではないだろう。しかし溝猫長屋の子供たちとやたらと絡むようになったのは今年からだ。ほら、相手は三人だろう。坂井鉄之進と土居と篠山。俺と弥之助だけでは駒が足りない。市之丞が加われば数は合うが、やつは坂井家のために自らの手を汚さないような気がする……と見たお多恵ちゃんが、慌ててお前を加えたんじゃないかな」

「もしそうだとしたら恐ろしい。すべては今日これから起こる出来事につながっているのか。お多恵ちゃんの……」

「まさか、私が『ちんこ切の竜』と呼ばれるようになったのもお多恵ちゃんの思惑によって……。」

「いや、それはさすがに違うだろう。別の呼ばれ方をしていたところで何も変わらないから。しかし、お前よほど嫌だと見えるな。俺はいいと思うぞ。考えようによってはこれほど凄みの利いた二つ名はないからな。まあ、そんなに気になるのなら仕方がない。今回の件が無事に済んだら、別の呼び方を考えるように頼んでやるよ。あいつにな」

蓮十郎がそう言って顎をしゃくった。その方向を見ると、田んぼの中の野道を一人の男がぶらぶらと歩いてくるのが見えた。弥之助だった。

反対側に目をやると、鉄之進たち三人がさっきよりかなり近づいていた。多分、この社を過ぎた辺りで弥之助とぶつかるだろう。蓮十郎が考えていたように挟み撃ちにできる。

竜は社の陰から顔を引っ込めた。三人の動きに合わせてうまく社の周りを回らなければならない。壁に体をつけるようにして息を殺し、相手の足音を探る。

「あいつらは三人とも強いが、俺の見立てでは、中でも鉄之進が抜きん出ている」

同じように壁際に体をつけた蓮十郎が、竜の耳元で言った。

「だから俺が鉄之進の相手をして、お前と弥之助で他の二人を倒すのが最も良い戦い方だ。こちら側に死人を出したくないなら、そうするべきなんだよ。お前や弥之助では手に負えない相手だからな、あの鉄之進は。だが、それでも俺は、鉄之進の野郎は弥之助の手で倒してほしいと思うんだ。そのわけは、もう話したから分かるな」

竜は頷いた。弥之助のこれまでの人生に報いるためにも、そうしなければならない。

「恐らく弥之助も、そうしたいと思っているはずだ。しかし溝猫長屋の子供たちのことがあるからな。あいつは我を捨てて確実な道を選ぶだろう。そうさせないために俺たちは弥之助より先に動くぞ。弥之助と鉄之進が戦うように仕向けるんだ。土居とかいうやつは俺が相手をする。お前は篠山に襲いかかれ」

「分かりました……しかし、親分に倒せるでしょうか。私から見ても、坂井鉄之進は古宮先生でないと相手にできないと思うのですが」

「だから俺たちで助ける。そのためには早めに土居や篠山を倒さなければならないな。お前ならできるはずだ。頼んだぞ」

「ええっ、それはいくらなんでも……」

無理難題である。鉄之進より少し落ちるというだけで、残りの二人もかなりの腕の持ち主に見える。蓮十郎なら何とかできるのかもしれないが竜には厳しい。

さすがに勘弁してください、と竜は告げようとしたが、ちょうどその時、鉄之進たちの立てる足音が近づいてくるのが聞こえてきた。竜は顔をしかめながら口をつぐみ、耳を欹（そばだ）てて相手の動きを探った。

二

社の裏から竜が飛び出した時には、すでに蓮十郎が連中のうちの一人に襲いかかっていた。言っていた通り、土居久三郎とかいう男が相手だった。

蓮十郎は一撃を加えた後で、すすっと横へ動いた。固まっていては動きにくいから、他の者と間合いを取ろうとしてのことだろう。誘われるように土居が蓮十郎へと近づいていく。

残りの二人は前後にいる弥之助と竜のどちらを相手にするべきか迷っている様子が見えた。鉄之進がこちらに向かってきては困るので先手を取らねばならない。竜は常に懐に隠し持っている小柄を出し、篠山隼太へと投げつけた。それはあっさりと躱されてしまったが、その動きで篠山は竜を相手にすると決めたようだ。体の正面を竜の方へ向けて刀を構えた。

――ここまではうまくいっているようだが……。

残った鉄之進が弥之助の方へ行くのを横目で確かめてから、竜は道の脇の田んぼへと下りた。冬なのでとうに稲刈りは済んでいる。もちろん水も張ってはおらず、下は乾いている。しかしそれでも道に比べるとでこぼこしているので足場は相当悪い。そんな場所を選んだのは、まともに戦うのは厳しいと見たからだった。弥之助を陰から助けるのがいつもの竜の役目だ。そのため、こういう場所で動くのは篠山より慣れていると考えたのだ。

――難しいのはここからなんだよな。

篠山が竜を追って田んぼへ下りてきた。竜を睨みながら再び刀を構える。

とてもではないが、あっさり倒して弥之助を助けに向かうというのは無理だ、とその構えを見て竜は思った。隙がない。まともな道場で真面目に剣の修業を積んだ者の構えだった。折り目正しい、という表現が頭に浮かぶくらいだ。どうしてこんなやつが鉄之進のような者と一緒にうろついているかな、とうんざりする。

た。

——まあ、俺が助けなくても、親分の方には古宮先生が行ってくれるだろうから。化け物じみた強さを持つ先生だ。もしかしたらもう土居を倒しているかも、などと考えながら後ろに下がって篠山から間合いを取り、ちらりと蓮十郎の方へ目を向けた。

土居が四つん這いになっているのが見えた。思った通りだ。土居という男もかなり強そうだったが、古宮蓮十郎の相手ではなかったらしい。これで俺は安心して、篠山を倒すことだけを考えればいい……と竜が思った時、信じられない光景が目に飛び込んできた。蓮十郎が土居久三郎の尻を蹴ったのである。

土居は前につんのめったが、すぐさま起き上がって蓮十郎の方を向いた。その瞬間、蓮十郎が目にも止まらぬ速さで刀を振るった。どこに当たったかよく分からなかったが、土居が腿の辺りを押さえながら片膝をついたので、そこを斬ったのだろう。

蓮十郎は、そんな土居の後ろに回り込んで背中の辺りを蹴りつけている。

——古宮先生……まさかここで……。

悪い癖が出た。蓮十郎は相手をあっさりと斬り捨てることができるのに、そうせずにじっくりといたぶっている。これはもう病と言ってもいい。

嘘だろ……と竜は思わずまじまじと蓮十郎たちの方を見てしまった。その刹那、目の端（はし）の方できらりと白刃が光った。

危ないところだったが、何とか避けることができた。いつの間にかすぐ前にまで篠山隼太が迫っていた。

篠山が二の太刀を繰り出す。素早く後ろに下がってそれを避け、竜も刀を構えた。蓮十郎に期待はできない。自分が親分を助けに行かなければ、と思いながら、今度は弥之助の方へ目を向ける。

刀を前に突き出しながら鉄之進の周りをゆっくりと回っている弥之助の姿が見えた。攻めあぐねているようだ。一方の鉄之進は、そんな弥之助をあざ笑うかのように刀を持った手をだらりと下げている。何の構えも取っていない。

――遊ばれているみたいだな。

ただそれゆえに、すぐに倒されてしまうということもなさそうだ。竜は篠山へと目を戻した。さっさとこいつを倒して、親分の元へ駆けつけなければならない。

先に相手が動くのを待っている暇はなかった。危ない橋を渡ることになろうとも、こちらから仕掛けていかなければ駄目だ。

竜は地を蹴った。相手の体にぶつかっていくような勢いで、篠山へ向かって走る。一瞬、虚を突かれたという風にぴくりと体を動かしたが、篠山はすぐに落ち着いた様子で竜を待ち構える体勢を取った。下から擦り上げるように刀を振り上げ、前に突き出した竜の刀を払おうとする。

相手がそう動くことは竜にも分かっていた。刀を引くと同時に体を沈み込ませる。再び地を蹴って進む向きをわずかに変え、篠山の脇をすり抜けるようにする。そうして、引いた刀を振るって相手の体を薙ぎ払った。

だが、竜が篠山の動きを読んでいたように、篠山もまた竜の動きを悟っていた。横に飛びのいて竜の刀を避けてから、脇を走り抜ける竜を追うような形で背中から斬りつけるという動きを見せた。

当然、刀の動きの方が速い。竜は背中に痛みを感じた。だが同時に、自らの刀に相手を斬ったような手応えも感じていた。

何が起こったのかよく分からなかった。直前の動きでは、自分の刀は避けられてしまったような気がしていたのだ。それに、思ったより激しくは背中を斬られていないようだ。

すぐには振り向かず、十分に間合いができるまで足を進め、それから竜は篠山へ目を向けた。

田んぼに下りて戦ったのは正しい判断だった、と分かった。篠山は尻もちをついていた。横に飛びのいた時、刈り残された稲の根元に足を取られたようだ。そのために竜の刀を避けきれず、また自分の刀の勢いも弱まってしまったらしい。

折り目正しい道場剣術が仇となったな、と竜は思った。田んぼで戦っていることは十分に頭に入れていただろうが、とっさの時には稽古場で動く時のように摺り足になってしまったに違いない。

篠山は顔を歪め、腹に手を当てている。指の間から血がにじみ出ているのが見えた。すぐに命がどうこう言うような傷ではないようだが、動くこともできなそうだった。

俺にも背中に痛みはあるが、篠山よりはましなようだ。動けるなら親分を助けに行かなければならない。そう考えながら竜は弥之助と鉄之進の方を見た。

弥之助はまだ鉄之進の周りを回っていたが、先ほどよりは間合いが詰まっていた。隙があればすぐに斬りかかろうとしているようだ。しかし鉄之進の方もそれが分かっていて、相手が襲いかかってくるのを待ち構えているように感じる。相変わらず刀を握った手をだらりと下げているが、それでいてまったく隙がない。

――俺が隙を作ってやらないと。

背中が濡れているように感じる。ああ、血が出ているなと思ったが、構わずに竜は田んぼから道へと上がった。手当てをするのは鉄之進を倒してからだ。

先ほど篠山に投げつけた小柄を拾い上げた。刀で襲いかかるよりもこれを使った方がいいと考えたからだった。背中の痛みで思うように動けない。そのため、下手をしたら弥之助の足手まといになってしまうかもしれないからだ。鉄之進へと狙いを定めて構える。

鉄之進がちらりと竜の方を見た。こちらの動きに気づいたようだ。すぐに目を弥之助の方へ戻したが、同時に竜の方も意識していることが分かる。さすがだな、と竜は思った。

だが、それでも構わない。自分の役目はわずかでも鉄之進に隙を作ることだ。焦ることはない。日が西の山の向こうへ沈んだので、これから辺りはどんどん暗くなっていく。小柄が見えにくくなるまで粘った方がいい。

——遊んでいないで、さっさと斬りつけていけば良かったものを。

もしそうしていたら、鉄之進は弥之助を倒していただろう。こちらにとって幸いだった。自らの腕に自信があるがゆえの油断だ。

——そう言えば、強すぎて遊んでしまう御仁がもう一人いたな。

そちらはどうなっただろうと思ったが、さすがに目を向けることはしなかった。じつと鉄之進を見据えたまま、耳で様子を探る。

呻(うめ)き声のようなものが聞こえた。それも二人分だ。片方は竜が斬った篠山だろう。蓮十郎が倒されるとは思えないから、もう一人はきっと土居だ。

他に聞こえてくるのは、鉄之進の周りを回る弥之助の足音だけだった。鉄之進は常に体の正面が弥之助の方に向くように動いているが、足音はまったく立てていなかった。

蓮十郎の気配はない。どこへ行ったのだろうと少し気になったが、あの先生の考えることなど分かるわけないと、すぐに意識を鉄之進へと戻した。

辺りはかなり暗くなっている。鉄之進と弥之助がいる少し向こうはもう闇(やみ)に包まれてよく見えない。そろそろ頃合いだろうと考え、竜は小柄を握る手に力を込めた。

ゆっくりとした動きで相手の周りを回る弥之助が、体の正面を竜の方へと向けた。当然、鉄之進は竜に背中を見せている。ここで投げて、もし鉄之進に避けられてしまうと、小柄は弥之助の方へまっすぐ向かっていってしまう。もう少し待った方がいい。

弥之助が横に動いた。今だ、と竜は勢いよく小柄を投げつけた。当然、竜の動きは弥之助からは見えている。だから同時に弥之助は、鉄之進へと襲いかかった。

竜の投げた小柄が相手の背中に突き刺さる。さすがにそれだけでは倒すまでに至らないが、痛みで相手に隙ができる。そこへ弥之助が斬りかかる……と、もし鉄之進が生半の相手だったらそうなっていたはずだ。

だが鉄之進は違った。恐らく弥之助の動きから竜が小柄を投げたことを察したのだろう。半身になって小柄を避けるとともに、片手にぶらりと下げるように持っていた刀を勢いよく振り上げた。

痩せた男なのに力は強いようだ。突き出された弥之助の刀をいともたやすく弾き返す。さすがに弥之助は刀を手放すようなことはしなかったが、それでも体がぐらりと揺れ、足下がふらついた。

鉄之進は体を沈み込ませながら、振り上げた刀を横へと動かした。後はその刀を薙ぎ払うだけだ。それで弥之助の胴が真っ二つになる。

やられた、と竜が思った刹那、甲高い音が辺りに響き渡った。

鉄之進が妙な動きを見せた。弥之助を斬るはずだった刀を途中で止めたのだ。また甲高い音がした。

体勢を立て直した弥之助が刀を前に突き出しながら鉄之進に向かっていった。鉄之進の方も再び刀を動かし始める。

両者が同時に後ろへと倒れた。竜の方からだと二人が重なるようになっていたのでよく分からなかったが、相討ちのように思えた。

「親分っ」

慌てて駆け寄る。鉄之進の方が近かったので先に様子が見えた。腹に深々と弥之助の刀が突き刺さっていた。苦しそうな声を上げて身をよじっている。

弥之助はというと、こちらも脇腹を押さえて呻き声を上げていた。

「親分っ、斬られたんですかい？」

竜が声をかけながら助け起こそうとすると、弥之助は顔を歪めながらその手を振り払った。

「相手の懐に飛び込んだからな。お蔭（かげ）で斬られずに済んだが、代わりに刀の柄（つか）で殴られたんだ。うっ、という感じで息が詰まった。柄が脇腹に食い込みやがったんだ。ああ、痛（いて）ぇ」

「はあ……」

案外と元気そうだ。自分の背中の傷よりはるかにたいしたことがない。相手が途中で刀を止めたから懐に飛び込むだけの間ができたようだ。

「よく見えなかったんですが、いったい何が起こったんですかい」

「俺が刀で弾き飛ばしたんだよ。お前の投げた小柄を」

蓮十郎の声がした。竜が目を向けると、闇からぬっと抜け出すように蓮十郎が姿を現した。

「古宮先生。そちらにいたんですか。見事に闇に潜んでいましたね。まったく気づかなかった」

「じっとして動かなかったからだろうが、それにしても夜目が利くはずのお前が気づかないのはいただけないな。そんなことでこの先、弥之助の片腕として働いていけるのか」

「はあ、坂井鉄之進の動きだけに目を注いでいたものですから、それで……」

「ふん、言いわけだな。だが、まあいいや。たかが脇腹を柄で打たれただけで呻いているような親分の相手なら楽にできるだろうからな。おい弥之助、いつまでも寝転がっていないで鉄之進にとどめを刺してやれ。苦しそうな声が耳障りだ」

相手を痛めつけるのが好きな御仁なのに、とどめを刺させるなんて珍しいことだ、と思いながら竜はその場を離れ、落ちている小柄を拾いに行った。甲高い音が二回聞こえたが、一度目は蓮十郎が弾き飛ばした時で、二度目はそうして戻ってきた小柄を鉄之進が刀で受けた時のものだ。そのために鉄之進は、弥之助を斬ろうとしていた刀を一瞬止めてしまった。それで弥之助は鉄之進の懐まで飛び込むことができたのだ。

小柄を拾い上げて振り返ると、弥之助が鉄之進の口元に手を当てていた。息があるか確かめている。とどめを刺し終えた後のようだ。

鉄之進の仲間はどうなっただろうかと思いながら辺りを見回す。もうすっかり暗くなっており、姿を見ることはできなかった。ただ、さっきまで聞こえていたはずの呻き声が消えていた。そちらも息を引き取ったらしい。

「古宮先生、こいつらの死体はどうしますか」

蓮十郎に訊ねると、「放っておけ」という声が返ってきた。

「俺と同じように闇に潜んでいた者がいる。そいつが始末してくれるだろう」

「なるほど」

坂井市之丞のことを言っているのだろうと思っていると、案の定、市之丞が闇の中から姿を現した。ちらりと鉄之進の死体を一瞥し、無言でその場を離れていく。土居久三郎と篠山隼太の死体を見に行ったようだった。すぐにまた姿を見せる。

「もうすぐ駕籠とともに余吾平が来るので、叔父の死体はそれに乗せて運びます。土居と篠山の死体はそこら辺の川に捨てればいい。古宮先生には迷惑をかけません。ただ、忘れてくれればいい」

　市之丞は静かに蓮十郎へ告げた。とうとう望み通りに叔父が死んだというのに、まったく表情を変えない。つまらない男だな、と思いながら竜は眺めた。

「屋敷の化け物を退治してくれたのですから、もちろんそのお代として相応の礼はします」

　市之丞の言葉に蓮十郎は首を振った。

「貧乏旗本の癖に無理をするな。金品の礼はいらん。ただ、他にしてもらいたいことはあるな」

「ほう。伺いましょう」

「知っての通り俺は今、手習所の雇われ師匠をしている。本来の師匠が体を壊して静養しているから雇われたわけだ。しかしめでたいことに、この雇い主の具合がだいぶ良くなってな。春になったら仕事に戻るつもりらしいんだ」

「古宮先生はお役御免で追い出されるわけですね。ということは、新しい働き口を斡旋してほしいと、そういう頼みでしょうか」

「残念ながら違う。俺はな、また剣術の道場をやろうかと思っているんだよ。だからさ、金品の礼はいらないから、代わりに市之丞、また門人になれ」

「は……」

市之丞の顔が歪んだ。屋敷の布団を駄目にした時も苦い顔をしたが、今はそれ以上だ。蓮十郎が堂々と市之丞を痛めつける気なのが分かっているからだろう。

「古宮先生、それはさすがに……」

市之丞が明らかに断ろうという様子で口を開きかけたが、蓮十郎は耳を貸さずに「決まりだ」と言って手を打ち鳴らした。

「さあ、俺たちはこれで帰るとするか。弥之助は一晩ゆっくり休んだら川崎行きだ。子供たちを迎えに行かなければならない。俺は手習所があるから無理だが、あの子たちのことをよろしく頼む。ああ、竜は休んでいた方がよさそうだ。背中をやられているからな」

気づいていたようだ。見ていたのか、あるいは動きから察したのか分からないが、たいしたものだと感心した。

「背中の傷は思ったより浅いようです。初めは痛みがありましたが、今はもうほとんどない。血も止まったようですし、こちらの心配はいりません。しかし、実は屋敷で古宮先生に斬られた足の傷の方が痛みましてね。今朝はもう平気だと誤魔化しましたが、やっぱり達人にやられた傷だからそうすぐには治らない。長くは歩けそうにありません。だから川崎へ行くのは遠慮しておきます」

「そうか、誤魔化していたのか。俺の目を騙すなんてたいしたものだ。さすがにそれは俺のせいだから無理は言えんな。川崎どころか麻布まで歩いて帰らすのも申しわけない。余吾平とともにやってくる駕籠に乗せてもらったらどうだ。死体と一緒になるからかなり狭いが」

「もちろんお断りします。麻布までなら何とか歩けますよ。それに、溝猫長屋に寄ってお多恵ちゃんの祠に手を合わせたいですから。それをしないと終わりになった気がしません」

竜はそう言って弥之助の顔を見た。目が合うと弥之助は大きく頷いた。多分、親分もそうするつもりだったんだろうな、と竜は思った。

三

「いやあ、ようやく我が町に帰ってきた。わずか四日離れただけだったが、やけに懐かしい気がするよ。やはり儂は江戸がいいね。旅は疲れる。寿命が縮んだ気がするよ」

吉兵衛がやれやれという感じで言った。

「若い者と一緒に旅をしたんだ。矍鑠としたものではありませんか。大家さんはまだ長生きするでしょう」

「いいや、もう人生も終いに近づいている。できるだけ心残りを失くして、気持ちよくあの世へと旅立ちたいものだ。今いる長屋の子供たちの行く末を見届けてからだな」

「それだと本当にすぐではありませんか」

「うむ。あと十年と言ったところだな」

「ああ……一番年下の子も含んでいるわけですね」

留吉の家に、まだ生まれて間もない男の子がいる。その子が他所へ奉公に出る年になるまで粘るつもりのようだ。まったく図々しいと思いながら、弥之助は前を歩いている忠次、銀太、新七、留吉の四人の子供たちに目をやった。

連中は川崎からここへ来るまでの間に、江ノ島や七里ガ浜、金沢八景などの様子を盛んに弥之助へと話してきた。遠くの親類の家へ行ったとかいうのとは別に、こういう旅をしたのは四人とも初めてらしい。だから随分と夢中になって喋っていた。

それとほとんど変わらぬ口調で、途中の旅籠屋や飯屋で遭った幽霊のことも弥之助は聞かされた。その辺りはいつもの四人だ。みんな元気である。坂井鉄之進を倒したが、それでもあの屋敷で受けた呪いが解けず、子供たちの身に何か起こったらどうしよう……などという不安を抱いていたのだが、どうやら何事もなさそうだ。

これですべてが終わったのだろうな、と思いながら男の子たちから目を離し、後ろを歩いているお紺を振り返った。

「ところで、どうしてお紺ちゃんがここにいるんだい。他の人たちは丸亀屋さんに寄ったのに」

一緒に旅をした巴屋のお多加とお奈美、そして女中は、同じく一緒に旅をしてきたお千加の家である丸亀屋で休むことになり、吉兵衛や男の子たちとはそこで別れたのである。当然、お紺も丸亀屋に残ると思ったのに、なぜかついてきている。

「気になることがあるからよ。親分さんたちはお多恵ちゃんを殺した野郎を倒したんでしょう。多分、古宮先生の力が大きいと思うけど」

ううん、と唸りながら弥之助は吉兵衛の横を離れ、お紺のそばへ寄った。蓮十郎が剣の達人であることは、男の子たちや吉兵衛には内緒のことだからだ。お紺にも内緒にしていたつもりだが、いつの間にかそのことを知っている。恐ろしい娘だ。

「……うむ、確かにお紺ちゃんの言う通りだよ」

「お多恵ちゃんはどうなったのかしら。やっぱり成仏したのかしらね」

「そうだと思う。昨夜、始末をつけた後でお多恵ちゃんの祠へ行ったんだが、何となく雰囲気が変わっていたような気がした」

祠を見た時、ここは空っぽだ、となぜか感じたのだ。

「それに、長屋の猫たちの様子も違っていた気がしたよ。いつもお多恵ちゃんの祠の周りに集まっていただろう。それが昨夜は、ばらばらになっていたんだ。いや、もちろんこれまでだってそういう時があったけど、何て言うかな……とにかくどこか違う気がしたんだよ。その辺りはこれからお紺ちゃんの目で確かめてみればいい」

弥之助は今朝もお多恵ちゃんの祠にお参りしているが、やはり同じような印象を得ていた。変わらないのは野良太郎（のらたろう）だけだ。あいつだけはずっと、ただの野良犬である。

「ふうん。まあ親分さんがそう感じたのなら気のせいではないでしょうね。そうなると、これからは長屋の子供たちが祠にお参りしても、幽霊に出遭うことはなくなるのかしら」

「多分そうだろう」

「それは面白くないわね」お紺は顔をしかめた。「親分さんだってそうでしょう。これまで、そのお蔭で下手人に結びついた事件もあったんだから」

「まあ確かにその通りだが……」

春先には男の子を殺した盗人を捕まえることができたし、夏には丸亀屋の手代が起こした殺しを解決できた。長屋の子供たちが幽霊を感じることができなかったら、それは無理だっただろう。

「しかし、この世に残していた未練がなくなってお多恵ちゃんが成仏してくれたなら、それに越したことはないよ」

「それは当然よ。あたしだってそう思うわ。ただ、これであの子たちが幽霊に出遭わなくなるってことが残念なだけよ。実はお多恵ちゃんも楽しんでいたと思うのよね。だからきっと、最後にすべての子に力を与えたんだわ」

川崎宿では忠次が見て、留吉が聞いて、新七が嗅いだのと同時に、銀太も一度にその三つの力を得たという話は、弥之助も男の子たちから聞かされている。不思議に思ったが、お紺のいうようにお多恵ちゃんが最後だからと楽しんでやったことかもしれない。

「やっぱり面白くないわね。お多恵ちゃんは成仏してしまったのか……いえ、もちろんそれは、とても良いことだけど」

お紺は力なく首を振った。喜んでいいのか悲しんでいいのか分からないといった風の、何とも言えない表情をしている。いやいや、少なくともその顔はなかなか面白いぞ、と思いながら弥之助はお紺を眺めた。

その時、新七が「あっ」と小さく叫ぶ声が聞こえた。何事かと目を向けると、新七は立ち止まって鼻を動かしていた。

留吉も辺りをきょろきょろとし始めている。何かが聞こえたような様子に思える。

それから忠次と銀太が、同時に身構えるような仕草をした。顔をじっと前へと向けている。何かを見ているらしい。

弥之助も前の方へと目を移した。遠くに溝猫長屋の木戸口が見える。それだけだ。特に何があるわけでもない。

不思議に思いつつ吉兵衛へ目を向けた。男の子たちを眺めながら首を傾げていた。弥之助と同じく、特におかしなものは目に入っていないようだ。

次にお紺を見ると、口元に笑みを浮かべていた。そして弥之助へ顔を向け、「まだ終わっていないかもしれない」と言った。

まさか、そんなはずはないと思いながら弥之助は男の子たちへと目を戻した。銀太が「あのお坊さんだ」と呟く声が聞こえた。

しばらくすると、それまでずっと前を見ていた忠次が顔を銀太の方へ向けた。銀太が「忠ちゃんは桶を作る職人さんになるんだよ」と誰もいない所に向かって喋る。その後ろで留吉がうんうんと頷いた。

「おいらは将棋の盤や駒を作る職人になるし、そっちにいる留ちゃんは他所の油屋さんに奉公に出る。もう片方の新ちゃんは家を継ぐんだって。だから、また出てきてくれて悪いんだけど、おいらたち、お寺で修行するつもりはないんだ。ごめんね」

銀太がそう告げた後で頭を下げた。しばらくして顔を上げると、そのまま横の方へ向いた。忠次もそちらを見ている。去っていく何者かを見送っているような仕草だ。もちろん、その相手は弥之助には見えなかった。

「これは、どういうことなんだ?」

驚きつつ、弥之助はお紺に訊ねた。

「忠次ちゃんは相手の姿が見えて、留吉ちゃんは音や声が聞こえて、新七ちゃんは何かの臭いがしたのでしょうね。そして、銀太ちゃんはその三つすべてを感じた」

「待ってくれ。それならお多恵ちゃんはまだ……」

「いいえ、やっぱり成仏したと思うわ。これまで通りなら銀太ちゃんだけ仲間外れになるはずだから」

「だったらなぜ……」

「お世話になったお礼に、お多恵ちゃんが置き土産を残していったんじゃないかしら……あら、あの子たち、今頃になっておかしいと気づいたようね。相変わらず鈍いわ」

四人の男の子たちが、「どうしてまだお化けに遭うんだ」「なんで順番が変わらないんだ」などと大声でわめき始めていた。その横で吉兵衛が、「お前たち、道で騒ぐんじゃない」と叱りつけている。

「いつまで続くか分からないけど、まだしばらくは楽しめそうね」

溝猫長屋の大家と子供たちを眺めながら、お紺が満面に笑みを浮かべた。弥之助は喜んでいいのか悲しんでいいのか分からず、何とも言えない表情でその顔を眺めた。

主な参考文献

『目明しと囚人・浪人と俠客の話　鳶魚江戸文庫14』三田村鳶魚著　朝倉治彦編／中公文庫
『江戸「捕物帳」の世界』山本博文監修／祥伝社新書
『江戸の旗本事典』小川恭一著／角川ソフィア文庫
『江戸庶民の旅　旅のかたち・関所と女』金森敦子著／平凡社新書
『江戸の宿　三都・街道宿泊事情』深井甚三著／平凡社新書
『江戸の旅文化』神崎宣武著／岩波新書
『嘉永・慶応　江戸切絵図』人文社

あとがき

本書は麻布の溝猫長屋に住む十二歳の四人の男の子が、長屋の敷地の隅にある祠にお参りしたら幽霊の存在が分かるようになってしまい、そのために様々な騒動が巻き起こるという「溝猫長屋」シリーズの四作目であります。

今回は男の子たちに読み書きを教えている手習師匠、そして麻布界隈を縄張りにしている目明しの親分とその手下の三人が、とある旗本屋敷に巣くう物の怪の退治に乗り出すという「旗本幽霊屋敷」編と、物の怪のせいで江戸を離れなければならなくなった男の子たちが、逃げた先々でも幽霊に出遭ってしまうという「お紺ちゃんと行く冬の江ノ島三泊四日の旅」編の豪華二本立てで、それぞれの話が交互に描かれるという構成になっております。何卒よろしくお願い申し上げます。

このシリーズの一作目は春の物語でした。二作目は夏、三作目は秋、そして四作目の本書は冬と、一冊ごとに一つずつ季節を進めて参りました。

そして、再び春を迎える次の五作目でこの「溝猫長屋」のシリーズは完結になっています。年が明けて十三歳になった少年たちが、商家へ奉公に出たり職人になるための修業を始めたりと、長屋を離れてそれぞれの未来へと歩み出すのです。そうは言っても幽霊が見えてしまう少年たちのことですから順調にいくわけがなく、当然のように騒動に巻き込まれるわけですが、それについてはもちろん「読んでください」としか言えません。四作目の本書に引き続き、次作もよろしくお願いします。

ところで私は今、「年が明けて十三歳になった少年たち」と書きました。時代小説に慣れている方なら特に引っかかることなく「ああそうなのね」という感じで読まれたと思いますが、もしかしたら頭の中に疑問符が浮かんだ方もいらっしゃるかもしれません。そこで念のために説明させていただきますと、この時代は数え年だからそういう表現になるのです。

数え年というのは生まれた年を一歳とし、翌年からは正月に一つずつ年齢を加えていく、という方式のものです。つまりもし大晦日(おおみそか)に生まれてしまったら、オギャーと出てきた翌日にはもう二歳という、そういう数え方をするわけです。

ですから、今の満年齢の数え方と比べると、一つか二つ上になります。数え年で十三歳となると、現代だと十一歳か十二歳でしょう。その年齢で親元を離れ、働きに出始めるわけですから、江戸時代の子供たちは大したものだと感心してしまいます。奉公に出る年齢が決まっているわけではありませんので、少し遅くなる者もいたでしょうが、反対に職人の修業などだともっと早くから始める場合も多かったようです。それが当たり前の時代だったとはいえ、この頃の子供たちは本当に大変だったんだな、偉いなと、ぐうたら作家の輪渡颯介は心からそう思います。

ということで、あとがきはそろそろ終わりです。輪渡はたまに猫の話をあとがきに書くので、もしかしたらまた出てくるのではないかと思っていた読者の方がいらっしゃるかもしれませんが、今回はありません。さすがに猫が続くのもどうかと思いますので避けました。猫に興味のない方も多いでしょうし、猫好きの方も毎回だと飽きるでしょうから。

しかし次回は多分、猫の話になるでしょう。

実は近所をうろついている猫に変化があったのです。前回のあとがきに出てきた猫は白茶なのですが、他にも茶虎の猫や白黒の猫などを見かけます。そして、輪渡はまだ確認していないのですが、この白黒の猫が四匹の子猫を引き連れていたという目撃情報があるのです。

とりあえず近所を探ってみます。次回のあとがきにて、その報告をしようと考えています。

ただし、必ずしも猫が見つかるとは限りません。駄目だった時は当然、猫の報告はなしになります。

その場合、次回のあとがきは「ちんこ切」の解説になりますので、どうぞよろしくお願いいたします。

猫の方がいいですよね……。

本書は二〇一八年四月に小社より単行本として刊行されたものです。

|著者| 輪渡颯介　1972年東京生まれ。明治大学卒。『掘割で笑う女〈浪人左門あやかし指南〉』で第38回メフィスト賞を受賞し、講談社ノベルスよりデビュー。怪談と本格ミステリを融合させた独特の世界観に注目が集まっている。とぼけた読み味が人気の「古道具屋 皆塵堂」シリーズに続き、「溝猫長屋 祠之怪」シリーズ（本作）、「怪談飯屋古狸」シリーズも人気に。最新刊に『悪霊じいちゃん風雲録』がある。

物の怪斬り（もののけぎり）　溝猫長屋（どぶねこながや） 祠之怪（ほこらのかい）

輪渡颯介（わたりそうすけ）

講談社文庫

定価はカバーに
表示してあります

2020年９月15日第１刷発行

発行者――渡瀬昌彦
発行所――株式会社　講談社
東京都文京区音羽2-12-21　〒112-8001
電話　出版（03）5395-3510
　　　販売（03）5395-5817
　　　業務（03）5395-3615
Printed in Japan

デザイン―菊地信義
本文データ制作―講談社デジタル製作
印刷―――豊国印刷株式会社
製本―――株式会社国宝社

ISBN978-4-06-520291-3

講談社文庫刊行の辞

二十一世紀の到来を目睫に望みながら、われわれはいま、人類史上かつて例を見ない巨大な転換期をむかえようとしている。

世界も、日本も、激動の予兆に対する期待とおののきを内に蔵して、未知の時代に歩み入ろうとしている。このときにあたり、創業の人野間清治の「ナショナル・エデュケイター」への志を現代に甦らせようと意図して、われわれはここに古今の文芸作品はいうまでもなく、ひろく人文・社会・自然の諸科学から東西の名著を網羅する、新しい綜合文庫の発刊を決意した。

激動の転換期はまた断絶の時代である。われわれは戦後二十五年間の出版文化のありかたへの深い反省をこめて、この断絶の時代にあえて人間的な持続を求めようとする。いたずらに浮薄な商業主義のあだ花を追い求めることなく、長期にわたって良書に生命をあたえようとつとめるところにしか、今後の出版文化の真の繁栄はあり得ないと信じるからである。

同時にわれわれはこの綜合文庫の刊行を通じて、人文・社会・自然の諸科学が、結局人間の学にほかならないことを立証しようと願っている。かつて知識とは、「汝自身を知る」ことにつきていた。現代社会の瑣末な情報の氾濫のなかから、力強い知識の源泉を掘り起し、技術文明のただなかに、生きた人間の姿を復活させること。それこそわれわれの切なる希求である。

われわれは権威に盲従せず、俗流に媚びることなく、渾然一体となって日本の「草の根」をかたちづくる若く新しい世代の人々に、心をこめてこの新しい綜合文庫をおくり届けたい。それは知識の泉であるとともに感受性のふるさとであり、もっとも有機的に組織され、社会に開かれた万人のための大学をめざしている。大方の支援と協力を衷心より切望してやまない。

一九七一年七月

野間省一

講談社文庫 最新刊

有栖川有栖　インド倶楽部の謎
前世の記憶、予言された死。神秘が論理へ鮮やかに翻る！〈国名シリーズ〉最新作。

塩田武士　氷の仮面
「女の子になりたい」。その苦悩を繊細に、圧倒的共感度で描き出す。感動の青春小説。

重松清　ルビィ
「生きてるって、すごいんだよ」。重松清、幻の感動大作ついに刊行！〈文庫オリジナル〉

横関大　ルパンの星
愛すべき泥棒一家が帰ってきた！和馬と華の愛娘、杏も大活躍する、シリーズ最新作。

京極夏彦　文庫版 今昔百鬼拾遺―月
鬼の因縁か、河童の仕業か、天狗攫いか。「稀譚月報」記者・中禅寺敦子が事件に挑む。

宮城谷昌光　湖底の城 九〈呉越春秋〉
呉越がついに決戦の時を迎える。伍子胥と范蠡の運命は。中国歴史ロマンの傑作、完結！

江原啓之　トラウマ あなたが生まれてきた理由
トラウマは「自分を磨けるモト」。幸せになるヒントも生まれてきた理由も、そこにある。

小竹正人　空に住む
EXILEなどを手がける作詞家が描く、タワーマンションで猫と暮らす直実の喪失と再生。

高田崇史　QED〈～ortus～ 白山の頻闇〉
大人気QEDシリーズ。古代「白」は神の色だった。白山信仰が猟奇殺人事件を解く鍵か？

三浦綾子 愛すること信ずること
三浦明博 滅びのモノクローム
三浦明博 五郎丸の生涯
宮尾登美子 新装版 天璋院篤姫(上)(下)
宮尾登美子 新装版 一絃の琴
宮尾登美子 〈レジェンド歴史時代小説〉東福門院和子の涙(上)(下)
皆川博子 クロコダイル路地
宮本輝 ひとたびはポプラに臥す 1〜6
宮本輝 骸骨ビルの庭(上)(下)
宮本輝 新装版 二十歳の火影
宮本輝 新装版 命の器
宮本輝 新装版 避暑地の猫
宮本輝 新装版 ここに地終わり 海始まる(上)(下)
宮本輝 新装版 花の降る午後(上)(下)
宮本輝 新装版 オレンジの壺(上)(下)
宮本輝 にぎやかな天地(上)(下)
宮本輝 新装版 朝の歓び(上)(下)
宮城谷昌光 侠骨記
宮城谷昌光 夏姫春秋(上)(下)

宮城谷昌光 花の歳月
宮城谷昌光 重耳(全三冊)
宮城谷昌光 介子推
宮城谷昌光 孟嘗君 全五冊
宮城谷昌光 春秋の名君
宮城谷昌光 子産(上)(下)
宮城谷昌光 湖底の城〈呉越春秋〉一
宮城谷昌光 湖底の城〈呉越春秋〉二
宮城谷昌光 湖底の城〈呉越春秋〉三
宮城谷昌光 湖底の城〈呉越春秋〉四
宮城谷昌光 湖底の城〈呉越春秋〉五
宮城谷昌光 湖底の城〈呉越春秋〉六
宮城谷昌光 湖底の城〈呉越春秋〉七
宮城谷昌光 湖底の城 八
水木しげる コミック昭和史1〈関東大震災〜満州事変〉
水木しげる コミック昭和史2〈満州事変〜日中全面戦争〉
水木しげる コミック昭和史3〈日中全面戦争〜太平洋戦争開始〉
水木しげる コミック昭和史4〈太平洋戦争前半〉
水木しげる コミック昭和史5〈太平洋戦争後半〉

水木しげる コミック昭和史6〈終戦から朝鮮戦争〉
水木しげる コミック昭和史7〈講和から復興〉
水木しげる コミック昭和史8〈高度成長以降〉
水木しげる 総員玉砕せよ!
水木しげる 敗走記
水木しげる 白い旗
水木しげる 姑娘
水木しげる 決定版 日本妖怪大全〈妖怪・あの世・神様〉
水木しげる ほんまにオレはアホやろか
宮部みゆき ステップファザー・ステップ
宮部みゆき 新装版 震える岩〈霊験お初捕物控〉
宮部みゆき 新装版 天狗風〈霊験お初捕物控〉
宮部みゆき ICO—霧の城—(上)(下)
宮部みゆき ぼんくら(上)(下)
宮部みゆき 新装版 日暮らし(上)(下)
宮部みゆき おまえさん(上)(下)
宮部みゆき 小暮写眞館(上)(下)
宮子あずさ 看護婦が見つめた人間が死ぬということ
宮子あずさ 看護婦が見つめた人間が病むということ

講談社文庫　目録

U・K・ル=グウィン 村上春樹 訳　空を駆けるジェーン
T・ファリッシュ著 B・ルート絵 村上春樹 訳　ポテト・スープが大好きな猫
群ようこ　いいわけ劇場
村山由佳　永遠。
村山由佳　天翔る
睦月影郎　新・平成好色一代男 隣人と。女子アナと。
睦月影郎　密通妻
睦月影郎　卒業一九七四年
睦月影郎　初夏一九七四年
睦月影郎　快楽のグルメ
睦月影郎　快楽のリベンジ
睦月影郎　快楽ハラスメント
睦月影郎　快楽アクアリウム
向井万起男　渡る世間は「数字」だらけ
村田沙耶香　授乳
村田沙耶香　マウス
村田沙耶香　星が吸う水
村田沙耶香　殺人出産
村瀬秀信　気がつけばチェーン店ばかりでメシを食べている

室積光　ツボ押しの達人
室積光　ツボ押しの達人 下山編
森村誠一　悪道
森村誠一　悪道 西国謀反
森村誠一　悪道 御三家の刺客
森村誠一　悪道 五右衛門の復讐
森村誠一　悪道 最後の密命
森村誠一　棟居刑事の復讐
森村誠一　日蝕の断層
森村誠一　ねこの証明
毛利恒之　月光の夏
森博嗣　すべてがFになる〈THE PERFECT INSIDER〉
森博嗣　冷たい密室と博士たち〈DOCTORS IN ISOLATED ROOM〉
森博嗣　笑わない数学者〈MATHEMATICAL GOODBYE〉
森博嗣　詩的私的ジャック〈JACK THE POETICAL PRIVATE〉
森博嗣　封印再度〈WHO INSIDE〉
森博嗣　幻惑の死と使途〈ILLUSION ACTS LIKE MAGIC〉
森博嗣　夏のレプリカ〈REPLACEABLE SUMMER〉
森博嗣　今はもうない〈SWITCH BACK〉

森博嗣　数奇にして模型〈NUMERICAL MODELS〉
森博嗣　有限と微小のパン〈THE PERFECT OUTSIDER〉
森博嗣　黒猫の三角〈Delta in the Darkness〉
森博嗣　人形式モナリザ〈Shape of Things Human〉
森博嗣　月は幽咽のデバイス〈The Sound Walks When the Moon Talks〉
森博嗣　夢・出逢い・魔性〈You May Die in My Show〉
森博嗣　魔剣天翔〈Cockpit on knife Edge〉
森博嗣　恋恋蓮歩の演習〈A Sea of Deceits〉
森博嗣　六人の超音波科学者〈Six Supersonic Scientists〉
森博嗣　捩れ屋敷の利鈍〈The Riddle in Torsional Nest〉
森博嗣　朽ちる散る落ちる〈Rot off and Drop away〉
森博嗣　赤緑黒白〈Red Green Black and White〉
森博嗣　四季 春〜冬
森博嗣　φ(ファイ)は壊れたね〈PATH CONNECTED φ BROKE〉
森博嗣　θ(シータ)は遊んでくれたよ〈ANOTHER PLAYMATE θ〉
森博嗣　τ(タウ)になるまで待って〈PLEASE STAY UNTIL τ〉
森博嗣　ε(イプシロン)に誓って〈SWEARING ON SOLEMN ε〉
森博嗣　λ(ラムダ)に歯がない〈λ HAS NO TEETH〉
森博嗣　η(イータ)なのに夢のよう〈DREAMILY IN SPITE OF η〉

講談社文庫　目録

森　博嗣　目薬αで殺菌します〈DISINFECTANT α FOR THE EYES〉
森　博嗣　ジグβは神ですか〈JIG β KNOWS HEAVEN〉
森　博嗣　キウイγは時計仕掛け〈KIWI γ IN CLOCKWORK〉
森　博嗣　χの悲劇〈THE TRAGEDY OF χ〉
森　博嗣　イナイ×イナイ〈PEEKABOO〉
森　博嗣　キラレ×キラレ〈CUTTHROAT〉
森　博嗣　タカイ×タカイ〈CRUCIFIXION〉
森　博嗣　ムカシ×ムカシ〈REMINISCENCE〉
森　博嗣　サイタ×サイタ〈EXPLOSIVE〉
森　博嗣　ダマシ×ダマシ〈SWINDLER〉
森　博嗣　女王の百年密室〈GOD SAVE THE QUEEN〉
森　博嗣　迷宮百年の睡魔〈LABYRINTH IN ARM OF MORPHEUS〉
森　博嗣　赤目姫の潮解〈LADY SCARLET EYES AND HER DELIQUESCENCE〉
森　博嗣　まどろみ消去〈MISSING UNDER THE MISTLETOE〉
森　博嗣　地球儀のスライス〈A SLICE OF TERRESTRIAL GLOBE〉
森　博嗣　今夜はパラシュート博物館へ〈THE LAST DIVE TO PARACHUTE MUSEUM〉
森　博嗣　虚空の逆マトリクス〈INVERSE OF VOID MATRIX〉
森　博嗣　レタス・フライ〈Lettuce Fry〉
森　博嗣　僕は秋子に借りがある I'm in Debt to Akiko〈森博嗣自選短編集〉
森　博嗣　どちらかが魔女 Which is the Witch?〈森博嗣シリーズ短編集〉
森　博嗣　探偵伯爵と僕〈His name is Earl〉
森　博嗣　喜嶋先生の静かな世界〈The Silent World of Dr.Kishima〉
森　博嗣　実験的経験〈Experimental experience〉
森　博嗣　そして二人だけになった〈Until Death Do Us Part〉
森　博嗣　つぶやきのクリーム〈The cream of the notes〉
森　博嗣　つぼやきのテリーヌ〈The cream of the notes 2〉
森　博嗣　つぼねのカトリーヌ〈The cream of the notes 3〉
森　博嗣　ツンドラモンスーン〈The cream of the notes 4〉
森　博嗣　つぼみ茸ムース〈The cream of the notes 5〉
森　博嗣　つぶさにミルフィーユ〈The cream of the notes 6〉
森　博嗣　月夜のサラサーテ〈The cream of the notes 7〉
森　博嗣　つんつんブラザーズ〈The cream of the notes 8〉
森　博嗣　100人の森博嗣〈100 MORI Hiroshies〉
森　博嗣　的を射る言葉〈Gathering the Pointed Wits〉
森　博嗣　DOG&DOLL
諸田玲子　其の一日
諸田玲子　森家の討ち入り
森　達也　「自分の子どもが殺されても同じことが言えるのか」と叫ぶ人に訊きたい
森　達也　すべての戦争は自衛から始まる
本谷有希子　腑抜けども、悲しみの愛を見せろ
本谷有希子　江利子と絶対〈本谷有希子文学大全集〉
本谷有希子　あの子の考えることは変
本谷有希子　嵐のピクニック
本谷有希子　自分を好きになる方法
本谷有希子　異類婚姻譚
茂木健一郎　「赤毛のアン」に学ぶ幸福になる方法
茂木健一郎　東京藝大物語
茂木健一郎 with ダイアログ・イン・ザ・ダーク　まっくらな中での対話
森川智喜　キャットフード
森川智喜　スノーホワイト
森川智喜　一つ屋根の下の探偵たち
森　晶麿　ホテルモーリスの危険なおもてなし
森　晶麿　恋路ヶ島サービスエリアとその夜の獣たち
森　晶麿　M博士の比類なき実験
森林原人　セックス幸福論〈偏差値78のAV男優が考える〉
桃戸ハル編・著　5分後に意外な結末〈ベスト・セレクション〉
山岡荘八　新装版 小説太平洋戦争 全6巻

山田風太郎 甲賀忍法帖〈山田風太郎忍法帖①〉
山田風太郎 伊賀忍法帖〈山田風太郎忍法帖③〉
山田風太郎 忍法八犬伝〈山田風太郎忍法帖④〉
山田風太郎 魔界転生(上)(下)〈山田風太郎忍法帖⑥⑦〉
山田風太郎 風来忍法帖〈山田風太郎忍法帖⑪〉
山田風太郎 新装版 戦中派不戦日記
山田正紀 大江戸ミッション・インポッシブル〈顔役を消せ〉
山田正紀 大江戸ミッション・インポッシブル〈幽霊船を奪え〉
山田詠美 晩年の子供
山田詠美 A2Z(エイトゥズィ)
山田詠美 ジェントルマン
山田詠美 珠玉の短編
柳家小三治 ま・く・ら
柳家小三治 もひとつま・く・ら
柳家小三治 バ・イ・ク
山口雅也 垂里冴子のお見合いと推理
山本一力 深川黄表紙掛取り帖
山本一力 牡丹酒〈深川黄表紙掛取り帖(二)〉
山本一力 ジョン・マン1 波濤編
山本一力 ジョン・マン2 大洋編
山本一力 ジョン・マン3 望郷編
山本一力 ジョン・マン4 青雲編
山本一力 ジョン・マン5 立志編
椰月美智子 十二歳
椰月美智子 しずかな日々
椰月美智子 ガミガミ女とスーダラ男
椰月美智子 恋愛小説
椰月美智子 メイクアップ デイズ
柳 広司 キング&クイーン
柳 広司 怪談
柳 広司 ナイト&シャドウ
柳 広司 幻影城市
薬丸 岳 天使のナイフ
薬丸 岳 闇の底
薬丸 岳 虚夢
薬丸 岳 刑事のまなざし
薬丸 岳 逃走
薬丸 岳 ハードラック
薬丸 岳 その鏡は嘘をつく
薬丸 岳 刑事の約束
薬丸 岳 Aではない君と
薬丸 岳 ガーディアン
薬丸 岳 刑事の怒り
矢野龍王 箱の中の天国と地獄
山崎ナオコーラ 論理と感性は相反しない
山崎ナオコーラ 可愛い世の中
山田芳裕 へうげもの 一服
山田芳裕 へうげもの 二服
山田芳裕 へうげもの 三服
山田芳裕 へうげもの 四服
山田芳裕 へうげもの 五服
山田芳裕 へうげもの 六服
山田芳裕 へうげもの 七服
山田芳裕 へうげもの 八服
山田芳裕 へうげもの 九服
山田芳裕 へうげもの 十服
山田芳裕 へうげもの 十一服

講談社文庫　目録

吉川永青　裏関ヶ原
吉川永青　化け札
吉川永青　治部の礎
吉川永青　老侍
好村兼一　兜割源三郎〈玄治店密命始末〉
吉村龍一　光る牙
吉村龍一　隠された牙〈森林保護官 樋口孝也の事件簿〉
吉川トリコ　ぶらりぶらこの恋
吉川トリコ　ミドリのミ
吉川英梨　波動〈新東京水上警察〉
吉川英梨　烈渦〈新東京水上警察〉
吉川英梨　朽海の城〈新東京水上警察〉
吉川英梨　海底の道化師〈新東京水上警察〉
薬丸岳／竹吉優輔／高野文緒／横関大／遠藤武文／翔田寛　デッド・オア・アライヴ
隆慶一郎　花と火の帝(上)(下)
隆慶一郎　時代小説の愉しみ
隆慶一郎　新装版 柳生刺客状
隆慶一郎　見知らぬ海へ〈レジェンド歴史時代小説〉
梨沙　華鬼
梨沙　華鬼 2
梨沙　華鬼 3
梨沙　華鬼 4
リレーミステリー　宮辻薬東宮
連城三紀彦　女王(上)(下)
連城三紀彦 著／綾辻行人／伊坂幸太郎／小野不由美／米澤穂信 編　連城三紀彦 レジェンド〈傑作ミステリー集〉
連城三紀彦 著／綾辻行人／伊坂幸太郎／小野不由美／米澤穂信 編　連城三紀彦 レジェンド2〈傑作ミステリー集〉
令丈ヒロ子 原作・文／吉田玲子 脚本　小説 若おかみは小学生！〈劇場版〉
渡辺淳一　失楽園(上)(下)
渡辺淳一　男と女
渡辺淳一　泪壺
渡辺淳一　秘すれば花
渡辺淳一　化粧(上)(下)
渡辺淳一　あじさい日記(上)(下)
渡辺淳一　熟年革命
渡辺淳一　幸せ上手
渡辺淳一　新装版 雲の階段(上)(下)
渡辺淳一　麻酔〈渡辺淳一セレクション〉
渡辺淳一　阿寒に果つ〈渡辺淳一セレクション〉
渡辺淳一　何処へ〈渡辺淳一セレクション〉
渡辺淳一　光と影〈渡辺淳一セレクション〉
渡辺淳一　花埋み〈渡辺淳一セレクション〉
渡辺淳一　氷紋〈渡辺淳一セレクション〉
渡辺淳一　長崎ロシア遊女館〈渡辺淳一セレクション〉
渡辺淳一　遠き落日(上)(下)〈渡辺淳一セレクション〉
輪渡颯介　古道具屋 皆塵堂
輪渡颯介　猫除け 古道具屋 皆塵堂
輪渡颯介　蔵盗み 古道具屋 皆塵堂
輪渡颯介　迎え猫 古道具屋 皆塵堂
輪渡颯介　祟り婿 古道具屋 皆塵堂
輪渡颯介　影憑き 古道具屋 皆塵堂
輪渡颯介　夢の猫 古道具屋 皆塵堂
輪渡颯介　溝猫長屋 祠之怪
輪渡颯介　優しき悪霊〈溝猫長屋 祠之怪〉
輪渡颯介　欺きの童霊〈溝猫長屋 祠之怪〉
若杉冽　原発ホワイトアウト
綿矢りさ　ウォーク・イン・クローゼット
若菜晃子　東京甘味食堂

2020年6月15日現在